クラスの大嫌いな女子と結婚することになった。 3

天乃聖樹 Amano Seiju
イラスト 成海七海
キャラクター原案・漫画 もすこんぶ

「場外乱闘はダメだよ！」
石倉《いしくら》 陽鞠《ひまり》
Himari Ishikura

波乱の勉強会!
束の間の休息…!?
Akane Sakuramori
桜森《さくらもり》 朱音《あかね》
「私の圧倒的記憶力で、才人をボコボコに倒してあげるわ!」
「いただきます」
北条《ほうじょう》 糸青《しせい》
Shisei Hojo

ゆっくりと気後れがちな足取りで、
朱音が階段を下りてくる。
気恥ずかしそうに手すりに身を寄せた彼女は、
いつもと雰囲気が違った。
いつもと違う朱音に才人は――

「え、えっと……
お、お待たせ……」

その薬指にはプレゼントの指輪がはめられ、
涼やかな光を放っている。
「えへへ……」
朝陽に溶けるような笑顔に、才人の疲れが消え去る。
爽やかな朝とはかけ離れた、
甘さで息苦しくなるような空気が、寝室に満ちている。
朱音との距離も普段より近くて、
彼女の甘い熱気が漂ってくる。
近づく2人の距離

CONTENTS

Class no Daikirai na Joshi to Kekkon surukotoninatta.

クラスの大嫌いな女子と結婚することになった。3

天乃聖樹

MF文庫J

口絵・本文イラスト●成海七海
漫画●もすこんぶ

プロローグ
prologue

「指輪、ジャマじゃないの？」

六歳の桜森朱音《さくらもりあかね》は、料理をする母親の隣で首を傾《かし》げた。

母親の左手の薬指には、銀色の結婚指輪が光っている。家事のときも、風呂に入るときも、朱音と遊んでくれるときだって、母親はいつもその指輪をはめていた。

「どうしてジャマだと思うのかしら？」

目を細めて尋ねる母親。

「ゴツゴツしてて痛そうだし、手袋もつけにくそう」

「痛くはないわよ？　最初はちょっと気になるけど、そのうち指に馴染《なじ》んでくるわ」

「でも、お母さん、指を輪ゴムで縛ってたらダメって怒ってたでしょ？　『うっけつ』して指が腐っちゃうからって。私、お母さんの指が腐るのはイヤ」

朱音が懸命に訴えると、母親はくすくすと笑う。

「指輪はちゃんとサイズを測っているから鬱血《うっけつ》はしないわ」

「でもでも……」

本気で心配しているのに笑うなんて、と朱音はほっぺたを膨らませる。

朱音《あかね》の頭を母親が撫《な》でる。

「ありがとう、朱音は優しいのね」

「優しくないもん」

「優しいわ。妹のお世話もしっかりやってくれるし、将来はいいお嫁さんになりそうね」

「お嫁さんになんかならないもん。私はずっとこのおうちにいるんだもん」

朱音は母親のことが大好きだった。母親の手から彩り豊かな料理が生み出される様は見事で、いくら眺めていても飽きない。

家族サービスを忘れない父親も、可愛《かわい》い三歳の妹も、みんなのことが朱音は大好きだ。

そんな家族のいる場所を出て行くなんて、想像もできなかった。

母親は料理の手を止めて椅子に腰掛け、朱音を膝に抱き上げる。

「指輪はね、大好きな人の『気持ち』なのよ」

「きもち……？」

「そう。お父さんがお母さんのことを大事に想《おも》ってくれて、人生のパートナーに選んでくれた。これから私たちはなにがあっても、いつまでも一緒にいるという、決意の証《あかし》なの」

「きもち、どこに入ってるの？」

朱音は母親の手を抱えて、いろんな方向から指輪を見てみる。細くシンプルな指輪の外観からは、そんな大切なものが隠されているようには思えない。

「気持ちは入っているものじゃないのよ。感じるものなの」

「どうやって？」

「朱音が大切な人のことを考えたら、胸の辺りがぽかぽかしてくるの」

「お母さんとか、お父さんとか、妹のこと？」

「お母さんたちも大切だけど、もっと特別な人。最初から一緒にいたんじゃなくて、朱音が一緒にいたいって自分で思えるようになった人のことよ」

「私、お母さんたちとしか、一緒にいたくない」

朱音は口を尖《とが》らせて母親にしがみついた。

母親は朱音を抱擁して微笑《ほほえ》む。

「今はそうかもしれないわね。だけど朱音は情が深い子だから、きっといつか、誰よりもそばにいたい人が現れるわ」

「………………？」

その頃の朱音には、母親の言っていることの意味が分からなかった。

ただ、母親の指輪がとても綺麗《きれい》で、暖かな光から目を離せなかった。

第一章 『ライバル』

episode1

就寝前、才人《さいと》はベッドで本を読むのが習慣だ。

騒がしい日常から離れ、静かにページをめくっていると、意識が文章の海に潜っていく。頭の中がきちんと整理され、心地良い眠りに落ちていきやすくなるのだ。

今夜も才人はキリが良いところまで読書を進め、本を閉じてベッド脇のテーブルに置いた。毛布に潜り込み、隣の少女を見やる。

高校生にして才人と夫婦である朱音《あかね》は、ベッドにまで参考書を持ち込んでいた。シーツに肘を突いて横たわり、枕に置いた参考書を凝視している。

「まだ寝ないのか?」

「授業で間違えた問題があったから、復習しておきたいのよ。先に寝てて」

「夜更かしすると、また倒れるぞ」

「私は夜更かしして倒れたことなんてないわ」

「あるからな!　すっごい熱出てた!」

朱音はドヤ顔で言い放つ。

「たとえそうだとしても、私は同じ間違いを繰り返すような人間ではないわ」

「今まさに同じ間違いを繰り返そうとしてる！　愚かな人類の代表例だ！」

「失礼ね！　バカって言う方がバカなのよ!?」

「小学生か！」

ベッドの上で睨《にら》み合《あ》う朱音と才人。せっかく読書で穏やかな気分になっていたというのに、夜更けに夫婦ゲンカをしていたら台無しだ。

「無理は程々にしとけよ。勉強なら俺が教えるから」

「お断りよ！　いつもあんたのせいで学年二位なんだから！　敵の手は借りないわ！」

朱音は参考書を抱き締めて肩を怒らせた。

「敵じゃないだろ、夫婦だろ」

「敵よ！　ここが戦場だったら、あんたは今頃バーベキューになっているわ！」

「ここが戦場じゃなくて良かったよ……」

才人は心の底から思った。

朱音は顎をつまんで考え込む。

「ううん、ひょっとしたらあんたはもうバーベキューになっているのかもしれない……私は人間ではなくバーベキューと会話しているのかもしれないわ……」

「しっかりしろ。勉強のしすぎで壊れたのか」

「私はしっかりしているわ。少なくともズボラなあんたよりはね」

「そういう意味ではなく……」

朱音《あかね》の態度はあいかわらずだと、才人《さいと》は呆《あき》れる。

陽鞠《ひまり》とのデートに行くふりをしたとき、朱音が泣きながら才人を止めたのは、なんだったのだろうか。少しは嫉妬されていたような気がしたのは、勘違いだったのだろうか。

才人には朱音の心境がよく分からない。正直なところ、自分の気持ちも分からないのだから、他人の気持ちが読めるわけがない。

高校一年生のときから朱音が才人のことをライバル視しているのは、確かだ。そして今もそれは変わらないようだ。穏やかな結婚生活を送るには、停戦しておく必要がある。

才人は言葉を選びながら説得に努める。

「あの……な。何度も言っているが、俺はお前と競争するつもりはないんだ」

「私はあるわ」

朱音は唇を尖《とが》らせる。

「テストは生徒の実力を測るためのものなんだから、背伸びしすぎるのは本来の目的から外れている。普通に授業を聞いているのに点数が悪いなら、その程度の実力ってことだ」

「はあ!?　ケンカ売ってるの!?」

「売ってない。自分が無理なく取れる点数で満足するのもアリじゃないかと思うだけだ。うちの学校で学年二位なら大抵の大学に行けるし、充分すぎる」

「要するに身の程を知れってことでしょ!? ケンカを売るなら買うわよ! 『ぷろれす』でいいかしら!?」

シャーッと両手を上げて戦闘態勢を整える朱音。しかしそのポーズはプロレスというより威嚇している野良猫だ。

「落ち着け! 深夜に女とプロレスする趣味はない!」

「圧勝できるって舐《な》めてかかってるのね。それは侮辱よ!」

「どこがだ! 体力がまったく違うだろうが!」

「私は素手で車を握り潰せるわ!」

「ゴリラかよ!!」

しかしゴリラでも車を破壊できるかは分からなかった。少なくとも朱音の細腕ではオレンジを潰すことすら難しそうだった。

「とにかく、いくら私に勉強を教えようとしたって無駄よ! 自分の力であんたを倒すまで、私は絶対に諦めないわ!」

朱音は凛々《りり》しく言い放った。


3年A組の教室。

四時限目の授業が終わるなり、陽鞠《ひまり》が才人《さいと》の机に駆け寄ってきた。

「才人くん、才人くんっ！　お弁当作ってきたんだけど、食べてもらえないかなっ？」

「ちょっ……」

才人はひやりとした。

最近、陽鞠の遠慮がなくなっている。才人が陽鞠とのデートを断ったという情報が広まっていないのは助かるが、公衆の面前でこんなことをされたら注目を浴びるのは必至だ。

「陽鞠ちゃんが才人くんにお弁当を……？」「まさか、陽鞠ちゃんって……」「え、気づいてなかったの？　バレバレじゃーん」「ひまりん、ふぁいとー！」「北条《ほうじょ》おおおおお！　どういうことだあああ！」「才人は殺す。絶対にだ」

色めき立つ女子、呪詛《じゅそ》を吐く男子。教室が騒然とした空気に包まれる。

消しゴムやら輪ゴムやらが才人に飛んできて鬱陶しい。

「俺も弁当は持ってきているんだが……」

机には、既に才人の弁当箱が載っている。

「才人くん、男の子なんだし、百人前くらい食べられるでしょ？」

「男の子の胃袋を過信するな。普通に張り裂ける」

「兄《あに》くんの弁当なら、シセに任せて」

「任せた！」

親指を立てる、糸青《しせい》と陽鞠。

「本人の許可もなく勝手に決めるな」

「シセが兄くんの心を読んだ。『俺は陽鞠の弁当が食べたい。ついでに陽鞠も食べたい』って言ってる」

「そんな……才人くんってば……」

陽鞠は両手でほっぺたを抱えて赤面する。

「本人の許可もなく心の声を決めるな！」

「シセには兄くんのすべてが分かっている。兄くんが分かっていないところまで分かっている。シセを信じて」

「信じるよ！」

ハイタッチする糸青と陽鞠。

「やめろ！　土地も貯金も身ぐるみ剥《は》がれるぞ！」

才人は悪質な霊媒師を拘束しようとするが、糸青は小さな体を活《い》かしてすり抜け、女子たちの壁の向こうに避難してしまう。連中は熱狂的な『糸青ちゃんファンクラブ』、身柄の引き渡しには応じないだろう。

陽鞠が机に屈《かが》み込《こ》み、悲しそうに才人を見つめる。

「一口だけでも、味見してくれないかな……？　才人くんに喜んでほしくて、頑張って作ったんだよ……？」

「う……」

たじろぐ才人《さいと》。

クラスメイトたちが援護射撃する。

「北条《ほうじょう》くん！　陽鞠《ひまり》ちゃんの気持ちを受け止めてあげて！」「ここで逃げるなんて許さねえぞ！」「男だろ北条！」「俺たちの分まで幸せになってくれ！」

口々に叫びつつ、包囲の輪を狭めてくる。応援の熱気に混じって飛び散る殺意。このままでは教室から無事に脱出するのも難しい。

なにより、才人は強く拒絶して陽鞠を悲しませたくはなかった。確かにデートは断ったが、陽鞠のことは人間として好きだし、これからも仲良くしていきたいのだ。

「……分かった。食べさせてもらうよ」

「ありがとー！」

小躍りする陽鞠。

「お前が礼を言うことじゃないんだが……」

あいかわらずの人の良さに、才人は苦笑する。

陽鞠は派手な外見からは想像もつかない穏やかな性格だし、特に欠点も見当たらない。

陽鞠のように魅力的な少女の誘いを断っているのは、心苦しいものがある。

──せめて、弁当くらいは完食してみせないとな。

才人が考えていると、陽鞠が机の上に弁当箱を広げた。

「じゃーん！　陽鞠特製・生肉弁当だよ！」

「…………………!?」

才人は凍りついた。

眼前《がんぜん》に鎮座しているのは、大きな弁当箱に所狭しと詰め込まれた生の肉、そして生のニンニク。白飯などという妥協は一切含まれていない。

「これは……なんだ……？」

「だから～、生肉弁当だよ！」

陽鞠はとびきりの笑顔で言い放った。

「お前が……作ったのか……？」

「うん！　頑張って作ったの！」

「いや作ってないだろ！　調理された形跡がないだろ！　詰めまくっただけだろ！」

道端で野草を取って食べることには抵抗のない才人だが、生肉を喜んで貪るほどの野性味はない。サバンナのライオンではないからだ。

陽鞠は丸めた手を口元に添え、おろおろする。

「え……でも……才人くん、生の肉とニンニクが好きだって聞いたから……」

「誰がそんな情報を!?」

「えっと……」

一瞬、陽鞠《ひまり》の視線が朱音《あかね》の方に走る。

——貴様!! 俺を殺す気か!

才人《さいと》が朱音を睨《にら》むと、朱音は目をそらす。自分の弁当箱を大事に抱え、生徒たちの後ろを通って教室から出て行こうとする。

——待て! 逃げるな! 責任を取れ!

念波を送る才人。ぷるぷると首を振る朱音。

陽鞠が微笑《ほほえ》みながら生肉弁当を突きつける。

「才人くん? 食べて♪」

「俺は死ぬのか……?」

才人は今世紀最大のピンチを感じていた。敵意を剥き出《むだ》しにする朱音よりも、善意に満ちた陽鞠の方が危険だとは予想外だった。

「死なないよ~。才人くんがいなくなったら、私が困るもん。はいっ、あーん?」

陽鞠は箸で生肉をつまみ、才人の口に近づけてくる。

ざわめく男子生徒たち。

「北条《ほうじょう》! 食え! 食うんだ!」「お前ならやれる!」「毒を食らわば肉までだ!」「石倉《いしくら》

の『あーん?』なんて、数多《あまた》の男子が夢見て散っていった黄金郷《エルドラド》だぞ!」

「じゃあお前らが食えよ!」

「「「それは断る!!」」」

才人の周りから、一斉に男子たちが遠ざかる。クラスの人気者である陽鞠にどれだけ憧れていても、獅子《しし》になる勇気はないようだ。

糸青《しせい》が静かに才人を見上げる。

「兄《あに》くん、言い残すことは?」

「『肉は、よく焼いてから!』」

才人は辞世の句(字足らず)を詠み、覚悟を決めて生肉にかぶりついた。

「これは…………!?」

目を見開く才人。

スーパーのパックから移した単なる生肉ではない。

その肉は、確かに調理されていた。

ほんのりと身が締まっていることから、タタキのように一度加熱されていることが分かる。食感としては肉寿司《ずし》に近く、芳醇《ほうじゆん》な生命のエネルギーを失っていない。

肉の内側に感じる酸味……この爽やかさは、柑橘類《かんきつるい》と酢を混ぜ合わせているように思えるが、定かではない。

表面にはぴりっとしたスパイスがまぶされ、肉の臭みを打ち消して旨味《うまみ》だけを愉《たの》しめるように引き立てている。

震える才人《さいと》の唇から言葉が漏れた。

「うま……」

「才人くん!?　どうしたの!?」

「ひま……り……よく腕を上げた……もう教えることは……ない……」

がっくりと机に崩れ落ちる才人。

「才人くーん!?　なんで死ぬのー!?　美味《おい》しかったんなら死なないでー！」

陽鞠《ひまり》が才人の体を揺さぶる。

才人は無事に蘇生《そせい》した。

「驚きすぎて我を失っていた。ちゃんと人間の食べ物だった」

「当たり前だよ！　才人くんに変なモノ食べさせたりしないよ！」

「この肉は、酢で締めてるのか？」

陽鞠がうなずく。

「バルサミコ酢にレモンと柚子《ゆず》を混ぜて、低温調理した肉をしばらく漬けておいたの」

「なるほど……だから肉にいい薫りがついているわけか。表面の味付けは、ワサビか？」

才人は生肉を観察する。

「マスタードだよ。私がバイトしてる喫茶店の特製マスタードを分けてもらったの。『クラスの男子にお弁当を作ってあげるんだー』って言ったら、店長が泣いて喜んで『壺《つぼ》ごと全部持ってけ！』って」

どうやら陽鞠は校外でも愛されているらしい。良い意味で八方美人な性格からは納得。積極的に敵を作っていくスタイルの朱音《あかね》とは正反対だ。

「お前、バイトしてるんだな」

「うん。すっごいお洒落《しやれ》な喫茶店でね、放課後に朱音とお茶したりもするんだー。才人くんも今度来ない？」

才人は頭を掻《か》いた。

「喫茶店とか、あんまり行かないんだよな」

「じゃあ、私がいろいろ教えたげるよ！　紅茶の種類とか、おいしーお菓子とか！」

「俺はコーラとポテチの方が好みだな」

「もー。なんでもチャレンジしてみた方が楽しいのにー」

陽鞠が口を尖《とが》らせる。

「まあいいや！　他のも食べて！　マスタード味だけじゃなくて、いろいろ詰め合わせてるんだよ」

箸で肉を取り、才人の前に差し出す。

「後は自分で食べられる」

「いいから、いいから♪　おねーさんに任せて♪」

陽鞠《ひまり》は才人《さいと》の机に肘を突き、からかうように笑う。

「お前は俺より年下だろ」

学年は同じだが、才人は十八歳、陽鞠は十七歳のはずだ。

「あっ、私の誕生日知ってるんだ！　もしかして、私のこと好きなの？」

「そういうのじゃない。一年のとき、朱音《あかね》と陽鞠が誕生日の話をしていたのを偶然聞いたんだ」

陽鞠は才人に顔を寄せ、甘くささやく。

「それだけで今まで覚えてるなんて、やっぱ好きでしょ？」

「違うって言ってんだろ」

「冗談だよ♪　でも、覚えてくれてて嬉《うれ》しいな」

「……っ」

頬《ほお》を染めて恥じらう陽鞠に、才人は首筋が熱くなるのを感じる。

「はいっ、隙ありっ！」

「むぐっ」

半開きになった口に、陽鞠がすかさず肉を放り込む。

肉を咀嚼《そしやく》する才人。

「今度は柚子《ゆず》コショウ味か……イケるな……」

「えへへー、でしょー？ もっと食べて、全部食べて♪」

陽鞠はにこにこしながら、才人の口に肉を運び続ける。

「どう？ クラスの女子にお昼ごはんを食べさせてもらう気分は？」

「ツバメの雛《ひな》になった気分」

「ってことは、私が才人くんのお母さん!? うーん、それでもいいかも！」

「良くねえよ」

だが、悪い気分ではない。デートを断ってしまった埋め合わせはしておきたいし、陽鞠が楽しんでくれているなら問題ない。

「じ、自分の弁当も持ってきてるなら、そっちも食べなさいよ！」

朱音が机に近づいてきて、才人の弁当箱を開いた。獲物を刺し殺すような勢いでハンバーグを箸に突き刺し、才人の口に突っ込んでくる。

「がはっ……！」

危うく喉を箸が貫通しそうになり、才人はとっさに体を後ろに引くことでダメージを軽減した。受け身の技が求められるなど、もはや昼食ではない――格闘技である。

「な、なにをする……」

「どうかしら!?　クラスの女子にお昼ごはんを食べさせてもらう気分は!?」

朱音《あかね》は腰に手を当てて尋ねた。

「死刑囚の気分」

「そう、あんたはこれから死ぬのよ！　全身に余すところなく弁当箱を詰め込まれてね！」

「弁当じゃなく弁当箱を!?　どんな罪を犯したら人はそんな壮絶な拷問に遭うんだ!?」

才人《さいと》は己の半生を振り返ってみるが、そこまでの業を背負っている自覚はない。

陽鞠《ひまり》が口元に手を添えてつぶやく。

「朱音……もしかして、ヤキモチ妬《や》いてるの？」

「はあ!?　ななななんの話かしら!?　わわわ私がヤヤヤヤキモチなんて、妬くわけないじゃないじゃないじゃない！」

動揺しすぎて一人で輪唱のようになっていた。朱音はダラダラ汗を流していた。

クラスメイトたちがざわつく。

「桜森《さくらもり》さんがヤキモチ……」「夫婦《めおと》漫才に突然の挑戦者だもんね……」「修羅場……」「これが修羅場だよ……！」

「違うわー!!」

真っ赤な顔の朱音が、クラス全員に向かって怒鳴る。

陽鞠が朱音の肩をぽんと叩《たた》いた。

「大丈夫だよ、私は分かってるから」

「陽鞠……」

表情を緩める朱音。

陽鞠が力いっぱい朱音を抱き締める。

「私が才人くんとばっかり仲良くして朱音をほったらかしにしてたから、妬いちゃったんだよね！　だいじょーぶ、私は朱音のことも大好きだから！」

「あーもー、それでいいわよ！」

朱音は破れかぶれだ。

陽鞠が箸で取った卵焼きを朱音の口に近づけていく。

「ほら……朱音。お口、開けて……」

朱音の顎を指でつまみ、優しくささやく。

「ちょ、ちょっと……みんなの前でこんなの……恥ずかしいわ……」

朱音は弱々しく抗《あらが》いつつも、逃げようとはしない。その唇のあいだに卵焼きがそっと差し込まれ、白い喉がこくんと動く。

陽鞠が朱音の唇を指で拭って微笑《ほほえ》む。

「ふふ……朱音、おいし……？」

「ん………」

見目麗しい少女たちのあいだに、漂う妖しい雰囲気。

男子の多くが黄色い歓声を上げて踊り出す。神に捧《ささ》げる祝祭の舞である。

「俺はいったいなにを見せられているんだ……」

少女たちの艶姿《えんし》に才人《さいと》は困惑した。

しかもあの卵焼きは、才人の弁当箱から勝手に採取されたものである。朱音《あかね》が作った卵焼きを朱音が食べているだけだから、法的にはなんの支障もないのだが。

「うま……にく……うま……」

皆が朱音と陽鞠《ひまり》のラブラブっぷりに目を奪われているあいだに、糸青《しせい》はちゃっかり陽鞠の肉弁当を完食していた。


五時限目の授業が終わった。

陽鞠がふらふらと歩いてきて、才人の机でダウンする。

「はー、今日の数学も難しかったー。頭がんがんするよー」

ぐったりと机に覆《おお》い被《かぶ》さり、完全にグロッキーである。ブレスレットをつけた白い腕が机を這《は》う姿は、清く正しい学《まな》び舎《や》には相応《ふさわ》しくないほどなまめかしい。

「俺の机で寝ようとするな。保健室で寝ろ」

「えー、だって才人《さいと》くんのそばにいた方が、早く元気になれるし」

「お前な……」

そういうことをストレートに言うな、と才人は思う。色恋沙汰に疎い才人のこと、攻撃力の高い言動には慣れていないのだ。

「数学なんて勉強しなくていいんじゃないかなぁ……大人になっても使わなそう」

「勉強嫌いの典型的な思考だな。結構使うだろ」

「うーん、私が就けるような仕事だと、足し算と引き算くらいしか使わなくない？」

「いや諦めるなよ！　もうちょい夢を見ろよ！」

高校三年生にして中年レベルの諦念には、才人も困惑する。

「才人くんが言うなら……分かった。私、宇宙飛行士になる！」

「いきなりすごい上を目指したな……」

地球人の代表みたいな職業だった。

エネルギーが充填《じゅうてん》できたのか、陽鞠《ひまり》が机の上で身を起こす。

「宇宙飛行士は無理だろうけど、そろそろ成績なんとかしないとやばいんだよねー。この前の実力テストも、全教科赤点だったし」

「それはマジでやばいな」

才人は戦慄した。

「先生から『選択肢を全部ランダムに選ぶより点数が低くてすごい』って褒められたよ」

「褒められてはいない」

「一年のときから、才人くんって学年トップだよね。私に勉強教えてもらえないかな？」

「そのくらい別に構わないが……」

陽鞠が大喜びで才人の手を握る。

「じゃあじゃあっ、放課後に私の家で勉強会しよっ！」

「自宅……？」

「今日はお父さんもお母さんもいないし、二人っきりだから大丈夫だよ♪」

「なにが大丈夫なのか分からんが、本当に勉強する気あるか？」

「勉強どころじゃなくなっちゃうかもしれないね〜♪」

あはは、と屈託なく笑う陽鞠。

才人はため息をついた。

「勘弁してくれ。あんまり人をからかうな」

「からかってないよ？　本気だよ？」

陽鞠は才人に顔を寄せ、じっと瞳を見つめる。熱に浮かされたような頬《ほお》と、彼女から匂い立つ香水に、才人は落ち着かないものを感じる。

「……俺はデートを断ったよな？」

「私は必ず好きにさせてみせるって言ったよね？」

珍しく好戦的な口調も、間近で向けられるには刺激が強すぎる。

陽鞠《ひまり》が目を細め、唇をくねらせる。

「それとも、才人《さいと》くんは怖いのかな？　私にアプローチされてると、すぐ好きになってしまいそうで」

「は？　怖いわけあるか」

売り言葉に買い言葉の才人。

「ホントかな〜？　実はドキドキしてるでしょ」

「してない」

「心臓の音、聴いてみてもいい？」

「やめろ」

胸に耳を当てようとしてくる陽鞠を、才人は手の平で押《お》し留《とど》める。そんなことをされたら、さすがに平常心ではいられない。

「私の家が困るなら、放課後に図書室で待ち合わせとか、どう？」

陽鞠の交渉に、才人は思案する。

「図書室か……人は少ないが、校内だしな……」

ダメ押しとばかりに、陽鞠がさらなる条件を提示してくる。

「おさわりはしない！　ノータッチって約束する！」

「お前はなにを言っているんだ」

「でも才人くんの方から触るのはＯＫだよ!?」

「本当にお前はなにを言っているんだ!?」

いつも優しくて隙がない人格者という陽鞠のイメージが、音を立てて崩れていく。

とはいえ、暴走している陽鞠も、それはそれで可愛《かわい》らしい。彼女の全力の誘いを、才人がむげに突っぱねることができないくらいには。

「まあ、図書室ならいいか」

「やったー！　才人くんと図書室デートだー♪」

「デートではない」

「デートだよー！　私の中では！」

「ちょ、ちょっと！」

才人と陽鞠が言い合っていると、朱音《あかね》が割り込んできた。

きょとんとする陽鞠。

「どしたの？」

「え、えーと……その……」

朱音は居心地が悪そうに身じろぎする。普段とは違って勢いもなく、才人たちの視線を避けるかのように目を泳がせる。

「さ、才人《さいと》と二人きりは……危ないんじゃないかしら。絶対、変なことされるし」

一度もしたことないよな！　と才人は内心で突っ込む。

モデル級の美少女である朱音《あかね》と一つ屋根の下に暮らしていて、まったく邪心に駆られていないのは褒められて然《しか》るべきだと思う。正直、地獄の逆襲が待っているので手を出す気にもなれないのが大きい。

陽鞠《ひまり》は頬《ほお》を染めて両手で抱える。

「そ、そうかな……？　だったら嬉《うれ》しいな」

「お前はもう少し自分を大切にしろ」

才人は呆《あき》れた。

「そうよ、コイツに騙《だま》されちゃダメ！　油断してたらあっという間に取り返しのつかないことになって、不幸な学生結婚をしちゃうかもしれないわ！」

俺たちの話か！　と才人は冷や汗をかいた。

「高校生で結婚なんて、あり得ないよ～。そんなのクラスのみんなにバレたら、大騒ぎだし。すっごいえっちな感じするし」

「え、えっち……!?」

朱音は耳まで真っ赤になる。

陽鞠は顎に指を添えて首を傾《かし》げる。

「だって、そうでしょ？ 結婚ってことは、毎晩同じベッドで寝るわけだしー、教室にお互いの匂いをつけて登校してきちゃったりするんでしょ？」

「に、匂い……？」

朱音は小さく震えながら、制服に鼻先を寄せる。才人の匂いがついていないか確かめようとしているのだろうが、今それをやるのは控えてほしいと願う才人。

朱音は人差し指を突き出す。

「と、とにかく、二人きりは良くないわ！ 不健全よ！」

「だったら、朱音も一緒に勉強しようよっ！」

「えっ？」

陽鞠に手を握られ、朱音は目をぱちくりさせた。

「学年NO・1とNO・2に教えてもらえば、私もNO・3ぐらいにはなれると思うんだよね。1＋2＝3だし、ほらっ、計算合ってるでしょ？」

「なんだその計算は」

「計算は合っているけど、なにもかも合っていないわ」

才人と朱音は疑問を呈する。

「NO・3の座を狙う不届き者か」

などと言いつつ、才人《さいと》の膝のあいだから糸青《しせい》が顔を出した。

その瞬間まで一切の気配がなかったので、才人は不意を突かれる。

「貴様、いつの間に……」

「気づかないのも当然。シセは兄《あに》くんの体内に隠れていた」

「それは怖すぎるからよそうか」

「兄くんの肝臓と膵臓《すいぞう》の中間ぐらいに隠れていた」

「お前のサイズが伸縮自在すぎる」

どんなに家族同然の身近な存在でも、体内に寄生されるのは才人も抵抗がある。親しき仲にも礼儀あり、適切な距離感を保ってもらいたい。

「そういえば、糸青ちゃんはずっと学年NO・3だもんね！　糸青ちゃんにも教えてもらえば、１＋２＋３＝６で、私がNO・６になれる計算に！」

「順位下がってるけど大丈夫か」

「だいじょーぶだよ、こう見えて足し算くらいはできるから！」

えっへんと胸を張る陽鞠《ひまり》。

足し算の心配はしていない才人。

「もう、この四人で勉強会しちゃおーよ！　朱音《あかね》の家で！」

「私の!?」

朱音がぎょっとする。表面には出さないが才人もぎょっとする。

「シセは異存ない。朱音の家で勉強会……おいしいモノたくさん……」

「食事会じゃないからな」

糸青の口から溢《あふ》れる滝のよだれを、才人は糸青のハンカチで受け止める。既に机はよだれに侵食されて無残なことになりかけている。

「分かっている。ちゃんとマイスプーンとマイフォークは持って行く」

「なにも分かってないだろ」

才人と同じく糸青も授業を聞いていれば点数を取れるタイプなので、勉強会で勉強する必要はないのだけれど。

「朱音……どうかな？　家、借りちゃって大丈夫？」

「えっと……それは……」

朱音がちらりと視線を送ってくるが、才人は気づかないふりをする。ここでアイコンタクトして関係を勘繰られたら大変だ。

「朱音が嫌なら、才人くんと私の二人で図書室に行くけど……」

「任せて！　自主学習のプロであるこの私が、最高の学習環境を提供するわ！」

朱音は胸を叩《たた》いて請け合った。

休み時間、朱音《あかね》が才人《さいと》の机の前を通り抜けざまにささやいた。

「空き教室に来て。話があるわ」

うなずく才人。それどころではないのは分かっていても、諜報部《ちょうほうぶ》の真似事《まねごと》をしているようで少し胸がときめく。密室での作戦会議は、スパイ映画の基本だ。

クラスメイトたちに気づかれないよう3年A組の教室を抜け出し、廊下を歩いた。もし追っ手がいたら処理しなければならないので、背後に警戒しながら進む。

空き教室に入ると、先に朱音が待っていた。

壁に背を預け、眉間に皺《しわ》を寄せている。

「面倒なことになったわね。まさか私の家に才人を呼んで勉強会をするなんて」

「俺の家でもあるからな？　忘れてないよな？」

才人は不安になった。

朱音はにこりと微笑《ほほえ》む。

「もちろん覚えているわ。あんたはそう思いたいのよね」

「願望ではなく！　普通に俺も住んでる！　しれっと居住権を奪おうとするな！」

気を抜くと居なかったことにされる家など、油断も隙もあったものではない。今さら実家には帰れないし、路頭に迷うリスクだけは避けたい。

「こんなふうに、陽鞠《ひまり》には才人があの家に住んでいないって思わせなきゃいけないのよ？　あんた、演技はちゃんとできる？」

「ああ……もう演技が始まってたのか……。本気に見えてびっくりした」

「まさか、本気なわけないじゃない」

朱音は肩をすくめるが、だいぶ本気だったような感じがする才人である。

「怖いのは、前みたいに陽鞠が早く着いてしまうことだな」

「時間の約束をしていても確実じゃないし……どうしたらいいのかしら」

思案する朱音。

「とりあえず、俺と朱音は別行動にしよう。俺が陽鞠と一緒におやつを買って時間を稼ぐから、そのあいだに片付けを済ませておいてくれ」

「陽鞠と二人っきりでショッピングがしたいってこと!?　そして二人はお揃《そろ》いのマフラーで首を繋《つな》ぎ合って夜の街に消えていくの!?」

「お前がなにを想像しているのかまったく分からんが、そのつもりはない」

どこからマフラーが出てきたのかが、特に不明だ。

「じゃあ、私はしっかり家を片付けておくわね。二階を見られたら困るから、階段に立ち入り禁止のテープを張っておくわ」

「ＫＥＥＰ ＯＵＴのテープがあったら、逆に中を見たくなるだろ」

「どうしてよ！　事件現場なのよ⁉　警察に怒られるわよ⁉」

「俺の家に警察はいない」

好奇心を無闇にくすぐるのは、やめておきたい。

「だったら階段に罠《わな》を仕掛けましょ。一段目を踏んだら矢が飛んでくるタイプ」

「死ぬからな！」

「死なないわ。体が痺《しび》れる毒は塗っておくけど」

「家に来るのは盗賊じゃないよな？　お前の親友だよな？」

才人《さいと》が指摘すると、朱音《あかね》はハッとする。

「そうだったわ！　気をつけないと……」

「本当に気をつけてくれ……」

既に才人は勉強会から退散したい思いでいっぱいだった。


放課後、才人、糸青《しせい》、陽鞠《ひまり》の三人は、コンビニに寄ってお茶菓子を買った。

才人の提げるレジ袋は、食べ物ではち切れんばかりになっている。

「糸青ちゃん、いっぱい買ったねー！　あんまり食べすぎると、朱音のごはんが入らなくなっちゃうよ？」

陽鞠の忠告に、糸青は胸を張って答える。

「問題ない。シセはすべて平らげた上で朱音のごはんも食べる」

「メシを食っていくのは確定なんだな……」

「シセは朱音も食べる」

「えっ、まさか、糸青ちゃん……」

頬《ほお》を紅潮させる陽鞠。

「朱音は食べるな」

才人は配偶者の捕食を阻止した。恐らく冗談だとは思うけれど、糸青に限っては万が一ということもあり得る。

陽鞠は上機嫌で才人の隣を歩く。

「朱音の家に行くの、才人くんは初めてでしょー？　新築で、超キレイなんだよー！」

「へ、へー。ソウカー。タノシミダナー」

才人はこわばった声で返す。

初めてどころか、毎日そこで寝起きしているのだが、バレるわけにはいかない。朱音と結婚して二人で暮らしていることがクラスの皆に知られたら、大騒ぎになる。

陽鞠が首を捻《ひね》る。

「でも……不思議なんだよね。この前行ったとき、いつもとはなんか雰囲気が違ったというか。匂いとか、カーテンの色とか、あんまり朱音《あかね》の家っぽい感じがしなくて」

鋭い、と才人《さいと》は焦った。

「イ、イメチェン、したんじゃないか？　せっかく引っ越したんだから」

「うーん、そっかなー。だけど、食器棚のお茶碗《ちゃわん》とかも、前の家にあったのとは全然違ったような……？　引っ越したからって、食器まで全部買い換えたりする？」

「それは……引っ越しの業者が全部割ったんじゃないか……？」

「二度と頼まない方がいいよー！」

陽鞠《ひまり》は恐怖した。

弁当が同じだと見破ったことといい、やはり彼女は勘が良い。陽鞠を自宅に連れて行ってボロを出さずに済むのか、と才人は冷や汗をかく。

陽鞠が足を止め、じっと才人を見た。

「てゆーか、才人くん、朱音の家がどこか知ってるんだね」

「えっ？　な、なぜだ？　まったく知らないが!?」

「さっきから全然、道に迷ってないし。私、案内してないよね？」

「あ……朱音に住所を聞いたんだ。勉強会をやるって決まったときに」

「なるほどー。マップなしで道が分かるなんて、才人くんはすごいねー！」

陽鞠は納得してくれた。勘は人並み外れて冴《さ》えているものの、根本的に性格が素直なところが救いだ。

才人は疑惑をこれ以上招かないよう、歩く速度を落として陽鞠の後をついていく。

糸青《しせい》が才人の制服の裾を引っ張った。

「なんだ……？」

ささやき合う才人と糸青。

「心配しなくても大丈夫。いざというときは、シセが兄《あに》くんをサポートする」

「それは助かる……」

「結婚がバレて兄くんが退学になったら、シセが兄くんをヒモとして養う」

「できればもうちょっと早めにサポートしてほしいな！」

糸青が指を二本立てる。

「兄くんに渡すパチスロ代は毎日二十万」

「甘やかしすぎだろ」

「パチスロへの送迎リムジンと美女ドライバーつき」

「前世でどんな徳を積んだらそんな天国に行けるんだ」

しかし才人の行きたい天国ではなかった。

無用な争いは望まないけれど、無為に過ごしたいわけではない。才人には叶《かな》えたい夢も、たどり着きたい場所もあるのだ。それはあまりにも遠く、才人のような才能をもってしても百パーセント実現できるとは言い切れない。

やがて、才人《さいと》たち三人は家に到着した。

陽鞠《ひまり》がインターホンを押すと、慌ただしい足音がして、中から朱音《あかね》がドアを開ける。

「い、いらっしゃーい。散らかってるけど……」

ぜーはーと息を切らす朱音。

時間が足りなかったのか、まだ制服も着替えていない。背中に片付け中の品を隠しており、才人の洗濯物が入った袋が覗《のぞ》いている。

「お、お邪魔します……」

白々しい挨拶をする才人。

——こんな緊張感のある帰宅は初めてだ……。

声が引きつってしまっているのが陽鞠に気づかれないかと、才人は冷や冷やする。玄関に才人の革靴が残っていたので、目立たないよう端に寄せておく。

「朱音、ごはん、ごはん」

糸青《しせい》が朱音の袖を引っ張る。

「ごはんはまだよ、勉強会が先」

「腹が減っては戦ができぬという言葉、朱音は知らない？」

「知ってるけど！　お菓子買ってきてるでしょ！」

「シセは朱音のごはんの方が好き」

「う……」

真正面から言われ、朱音が赤面する。

「いつの間に朱音と糸青ちゃんがラブラブに!? ずるいよ、私もイチャイチャするっ!」

「きゃっ?」「おー」

陽鞠が朱音と糸青の腕を取る。

仲睦《なかむつ》まじげな少女たちをよそに、才人は自分の私物が落ちていないかと気が気でない。

オープンキッチンとリビングには荒らされた形跡があるが、特に証拠品は残っていないようだ。もちろん荒らしたのは片付け役の朱音だろう。

リビングのテーブルにつき、勉強道具を広げて、才人はようやく人心地つく。糸青は勉強をする気はないのか、ノートも出さずにクッキーをぱくついている。

「で、俺はなにを教えたらいい? 陽鞠はなにが分からないんだ?」

「えっとねー。なにが分からないかも分かんない!」

陽鞠は無邪気な笑顔で言い放った。成績が悪い子の模範解答である。

「質問を変えよう。お前はいつから授業についていけなくなった?」

頭を悩ませる陽鞠。

「小学…… 一年生……くらい……?」

「一足す一の段階から!?」

才人《さいと》は絶望した。失った時間を取り戻すにしても膨大すぎる。

「小学生のときの陽鞠《ひまり》は、あんまり無理している感じはしなかったわ。数学の成績が下がってきたのは、高校一年の春ぐらいからじゃないかしら」

「あっ、そうかも！　朱音《あかね》ってば、私のことよく見てる～！」

「ま、まあ……友達だし……」

「友達じゃないでしょ？　親友でしょ？」

「し、親友だし……」

はにかむ朱音。

才人は思案する。

「なるほど……つまり、因数分解の辺りでつまずいているんだな。まずは高校一年の数学の勉強をやり直すぞ」

「高一から!?　なんで!?」

目を丸くする陽鞠。

「その場しのぎで今日の授業の範囲を教えても、基礎が分かっていないなら無意味だから だ。まずは基本的な考え方を体に染み込ませないと」

「で、でも……そんなの才人くん大変じゃない……？」

才人は鼻を鳴らす。

「そもそも人にモノを教えるのは大変なことだろう。今さら気にするな」

「う、うん……」

陽鞠は膝の上できゅっと手を握り締めた。


リビングの勉強会——というより、才人による個人授業は続いている。

テーブルに広げているのは、高校一年のときに朱音が使っていた参考書。生真面目な朱音は引っ越しのときわざわざ新居まで持ってきていたらしい。

「次は、ここにさっきの式を当てはめてみるんだ」

才人が促すと、隣の陽鞠はノートを睨《にら》み、ためらいながらもシャーペンを走らせる。

「こ、こうかな……？」

不安そうに、上目遣いで才人を見やる。

「正解。よくできたな」

「す、すごい……。私にも解けた！　才人くんって、教え方めちゃくちゃ上手！」

陽鞠は顔を輝かせた。

「そうか？」

「うん！　学校の先生より上手だよ！　ねっ、朱音《あかね》！」

朱音は腕組みして顎を突き上げる。

「ちょ、ちょっとはできるかもしれないけど、私に比べたらまだまだひよっこよ！」

「ひよこ……？　才人《さいと》くんって、ひよこなの？」

首を傾《かし》げる陽鞠《ひまり》。

「ひよこじゃなくて、ひよっこ！　才人はまだまだ若造だってことよ！」

「朱音と同い年だぞ」

「才人くんって、なんでそんなに教えるの上手《うま》いの？」

「暇つぶしに教育学の本を読んでたことがあったからな。そこに書いてあった指導のテクニックを試してみた」

「うわー、やっぱ才人くんは天才だよ！　すごいすごーい！」

手放しで褒められると、才人も悪い気はしない。元々、人の面倒を見るのは嫌いではないのだ。

「ねっねっ、続きも教えて！　才人くんの授業なら、勉強も楽しいかも！」

陽鞠が目をきらめかせて、テーブルの参考書を覗《のぞ》き込《こ》む。

ただでさえ隣り合って距離の近い陽鞠の肩が、才人の肩にぴったりと寄せられる。薄いブラウスの生地を通して、二の腕の感触が伝わってくる。

「お、おい……」

「どうかした……？」

言いながらも、陽鞠の耳たぶは染まっている。彼女も才人の体を感じているのだ。それでも離れようとしないということは、わざとくっついているのだろう。

「とぼけるな。分かってるだろ」

「はっきり教えてくれないと、分かんないよ。私バカだもん」

「お前……」

「才人くんは、イヤなの……？」

さっきより陽鞠の体が密着している気がする。才人も不愉快というわけではなく、突き放すのは陽鞠を傷つけてしまいそうで、身動きが取れない。

しかし、反対側から向けられる朱音の視線が痛いのだ。

吊《つ》り上《あ》がった眉尻は、明らかに不機嫌。ヤキモチなのか、単純に才人の存在が気に食わないだけなのか不明だが、全身から紅蓮《ぐれん》のオーラが漂っている。

「兄《あに》くん、ひま。勉強ばっかりしてないで、シセにもかまって」

糸青《しせい》が後ろから才人の首に抱きついてきた。

勉強会に来ているというのに理不尽な要求だが、才人はこれ幸いと立ち上がり、糸青を首から引《ひ》っ剥《ぱ》がす。

「少し休憩しようか。あまり根を詰めても効率が落ちる」

「えー、私はまだイケるのにー。才人《さいと》くんとだったら、一晩中だってデキるよ？」

口を尖《とが》らせる陽鞠《ひまり》。他意はないはずだが、表現がいかがわしい。

「せっかく陽鞠が勉強の楽しさに目覚めかけていたのに、どうして途中でやめるの!? 才人は今、陽鞠の可能性の芽を摘んでしまったのよ!?」

いやお前がなんか怒ってるからだろ！ と才人は内心で叫ぶ。だがそんな細かい事情を察してくれる少女ではない。

火花が飛び散る才人と朱音《あかね》のあいだに、陽鞠が割って入る。

「ちょ、ちょっと待って、ケンカしないで。私なら大丈夫だから。確かに結構疲れてるし、休憩した方がはかどるかも！」

「そう……？ 陽鞠がいいなら、構わないんだけど……。才人に遠慮してない……？」

「してない、してない！ むしろ私のワガママで勉強に付き合ってもらって、才人くんには感謝だよー！」

陽鞠になだめられるや、すぐに朱音の表情が和らぐ。張り詰めていた紅蓮《ぐれん》のオーラが浄化されて消滅する。

——ビーストテイマーだー！

才人は陽鞠の手並みに感動した。自分だったら朱音《ドラゴン》を落ち着かせるのに一時間はかかるところを、一瞬で調伏してしまうのが陽鞠の実力だ。

「陽鞠……俺を弟子にしてくれ！」

「えっ、な、なに？ 勉強教えてもらってるのは私だよ？」

「どうやったらそんなに朱音を手懐《てなず》けられるのかを知りたい」

「猛獣扱いなんて失礼ね！」

牙を剥《む》き出《だ》しにして襲いかかろうとする朱音。

陽鞠は胸の前で手を組み、目をつむって語る。

「朱音に優しくなってもらうコツはね……愛だよ！」

「愛か……じゃあ俺には無理だな」

才人は初手で断念した。たとえ百万回生まれ変わっても、朱音《ドラゴン》に愛を感じられるようになる気はしない。

「後は、これかな。朱音はおっぱい大好きだから、胸を押しつけてぎゅーってしとけば優しくなるよ」

「陽鞠!? 私のことそんなふうに思ってたの!?」

真っ赤になる朱音。

「えー、だって、そうじゃん。二人で温泉行ったときも、私の胸触ってきたりするしー」

「あ、あれは……ちょっと……羨ましくて……」

「ん〜？」

恥ずかしがる朱音《あかね》に、陽鞠《ひまり》が顔を寄せて笑う。

糸青《しせい》が興味津々で陽鞠の胸を眺める。

「シセも今度試してみたい」

「いいよー♪」

少女たちの赤裸々な会話に、男一人の才人《さいと》は肩身が狭い。居心地の悪さを誤魔化《ごまか》すように、テーブルでチョコレートの大袋を開く。

「と、とりあえず、脳の糖分補給におやつでも食べて頭を休めようか」

糸青がトランプを持ってきて差し出す。

「兄《あに》くん、シセは神経衰弱がやりたい」

「頭を休めようって言ったろ！」

「破壊と創造は表裏一体。いったん徹底的に頭を破壊することで、処理能力が再生する」

「そんなわけあるか」

「ある。この世界はシセが破壊して再創造した」

「神《ゴッド》かよ」

「シセはやりたい。兄くんとやりたい」

梃子《てこ》でも動かぬといったふうに、頑として才人の膝に居座る。勉強会のあいだ放置されてよほど寂しかったのだろう。

「仕方ないな……少しだけだぞ?」

「兄くんは妹のおねだりに弱い」

「分かってるなら悪用するな」

得意気な糸青の頭を、才人は軽く小突く。

「お前たちもやるか?」

「もちろん! 才人くんとトランプなんて初めて!」

「私の圧倒的記憶力で、才人をボコボコに倒してあげるわ!」

陽鞠も朱音も意欲は充分だ。

テーブルの上は勉強道具とお茶菓子で埋め尽くされている。いちいち片付けていたら時間のロスになるし、絨毯《じゅうたん》で対戦するのが効率的だろう。

才人がトランプを切って絨毯に並べていくのを、朱音が食い入るように見る。

「イカサマは許さないわよ……?」

「ただのゲームでズルはしない。安心しろ」

「安心できないわ。蟻《あり》の道しるべフェロモンで印とかつけてるかもしれないし……」

斜め上から難癖をつけられた。

「俺には蟻の道しるべフェロモンは嗅ぎ分けられん。心配なら、お前が並べるか?」

「ええ！　あんたは信用できないもの！」

朱音《あかね》が才人《さいと》に代わってカードを並べる。碁盤の目のように、縦横きっちり等間隔だ。生真面目な性格の朱音らしい。

用意が済むと、めくる順番をジャンケンで決めた。朱音、糸青《しせい》、陽鞠《ひまり》、才人の順だ。

朱音が小躍りする。

「やった！　私が一番よ！　才人に勝ったわ！」

「まだゲームは始まってないけどな」

勝利の美酒に酔うには早すぎる。

朱音は顎を突き上げ、才人を見下ろす。

「あら、先手必勝って言葉を知らないの？」

「神経衰弱に限っては先手必勝は成立しないと思う」

基本的にトランプは運要素が強いので、あまり順番は関係ないだろう。

「残念だけど、成立するわ！　あんたにチャンスを一度も与えず、私が全部取ってしまえばいいのだから！」

朱音が意気揚々とカードをめくった。スペードの6と、ハートのQ。

才人は耳に手の平を当てて挑発してみる。

「え、なんだって？　『あんたにチャンスを一度も与えず、私が全部取ってしまえばいいのだから』？」

「……っ！ あ、あんたにチャンスはないわ！ なぜなら不慮の事故で、あんたは今すぐ複雑骨折を……」

「場外乱闘はダメだよ！」

実力行使を仕掛けようとする朱音を、陽鞠が食い止める。

「ありがたや……」

才人は陽鞠に手を合わせた。彼女は調和の女神、その場にいるだけで才人の安全が保障される。もはやこの家に同居してほしい。

「ま、まあ、最初はこんなものよ！」

朱音はカードを凝視しながら、ゆっくりと裏返す。マークと数字を頭に叩《たた》き込《こ》んでいるのだろう。

糸青がカードをめくる。クラブのAと、スペードのK。

「いただきます」

「いただくな」

そのままカードを口に入れようとする糸青を才人が止める。トランプはまた買えばいいが、勉強会が惨劇の胃洗浄会に変わるのは困る。

「兄《あに》くんにはシセを止める権利はないはず」

「あるだろ。まずこれはお前のトランプじゃない」

陽鞠《ひまり》の前では言えないが、才人《さいと》の私物だ。

「餓死しかけている妹から食糧を奪う権利はないはず」

「トランプは食糧じゃねえ」

「シセの主食は兄《あに》くん、副食は紙類」

「猛毒のユーカリを食べるコアラみたいな生存戦略はやめろ」

才人は糸青《しせい》を膝の上に拘束して、カードを元に戻す。

そんな二人を、陽鞠がじーっと見ている。

「いいなー、糸青ちゃん。私も才人くんのお膝で抱っこされたいなー」

糸青が親指を立てる。

「構わん。陽鞠はシセの上に乗るといい」

「乗る乗る！」

「糸青さんが潰れるわよ！」

陽鞠は才人と同じくらい身長があるし、小学生のような糸青とはサイズが違いすぎる。

「シセは潰れない。むしろ膨らむ」

「なんでよ⁉」

「兄くん、なんで？」

糸青が小首を傾《かし》げた。

「お前の宇宙の物理法則を俺に聞かれても困る」

「じゃー、次は私ねっ！」

陽鞠がカードをめくった。ダイヤのQに、スペードのA。

「あー。全然ダメだー」

カードを戻す陽鞠。

「神経衰弱なんて久しぶりだな」

才人はスペードのAとクラブのA、ダイヤのQとハートのQを引いて合わせる。

「もう四枚も……。ま、負けないわよ！」

朱音《あかね》は戦意を燃やす。

しかし、それからのリビングは阿鼻叫喚《あびきようかん》の地獄（主に朱音の悲鳴）となった。

「また才人に取られた!?」

「なんでそんなに当たるのよ!? 透視してるの!?」

「取りすぎよ！ あんたに人の心はないの!?」

あっという間にカードが減っていき、勝負が終わる。

陽鞠〇枚、朱音二枚、糸青六枚、才人四十四枚。

才人の圧倒的な勝利に、リビングが静まりかえる。

「ま、まだ負けてないわ……」

朱音《あかね》はカードが皺《しわ》くちゃになるまで握り締め、半泣きで震える。

「わぁ……」

陽鞠《ひまり》は目を丸くしている。

「そういえば、兄《あに》くんと神経衰弱やったらダメだった」

糸青《しせい》がカードを放り投げる。

——しまった……。

気心の知れたメンツだし、負けん気の強い朱音には手加減するのも失礼だと思って普通にプレイした才人《さいと》だが、結果として空気が悪くなってしまった。

「え、えっと……もう一回、やる……?」

陽鞠は皆の顔を見回すが、うなずく者はいない。敗北が確定している試合に参加するのは、誰だって嫌だろう。これではゲームが成立していない。

「……ちょっと、アイスでも買ってくる。三人で遊んでいてくれ」

気まずくなった才人は、とりあえず家を出た。

思い出すのは、小学生の頃。

学校にクラスメイトが持ってきたトランプで神経衰弱をやったとき、才人の凄《すさ》まじい記憶力に教室が沸いた。生徒たちは珍しがって何度か才人と神経衰弱をプレイしたが、やがて遊んでくれる者はいなくなった。

教室で他の遊びが流行《はや》っても、男子たちのあいだで携帯ゲームが流行っても、才人は誘われなかった。身体能力は飛び抜けているというわけでもないのに、サッカーや草野球にすら誘われなくなった。

アイツとやってもつまらない。

ボコボコにされて終わるだけ。

そういうイメージが、確立してしまったのだ。

同年代の子供たち相手にも手加減しなくてはならないと気づいたときには、もう遅かった。祖父の天竜《てんりゅう》に話したら、「それでいい。有象無象を潰し、畏怖させてこその帝王だ」と笑われた。

──俺が望んでいたのは……、そんなことじゃなかったんだけどな。

才人が苦い思い出を噛《か》み締《し》めていると、朱音が追ってきた。

「お前も買い物か？」

「買い物じゃないわ。勝ち逃げしようとするから、見張っとかなきゃいけないのよ」

「勝ち逃げなんてしないが……」

仏頂面の朱音と並んで、才人は最寄りのコンビニを目指す。

居心地の悪い空気から抜け出したかったのに、よりにもよって一番怒っている相手と歩く羽目になるなんて、物事は上手《うま》くいかない。

「あんたって、勉強以外の記憶力もとんでもないのね」

「気持ち悪いだろ」

「え？」

朱音《あかね》は目をぱちくりさせた。

「自分でも分かってる。この記憶力は……気持ち悪い」

才人《さいと》は自嘲した。

「北条《ほうじょう》家のヤツは、だいたい頭のどっかの機能がぶっ飛んでいるんだ。シセは一瞬で膨大な暗算ができるし、シセの母親は一ミクロン以下のミスを見つけられるし、俺の場合は記憶力が飛び抜けている」

「天才の血筋ってこと……？」

首肯する才人。

「ああ。あまりにも細かく個人情報を覚えているせいで、子供の頃は親にもクラスメイトにも気味悪がられてな。ストーカー扱いされたこともある」

「私が文集に書いてた好物も覚えていたものね」

「ああ。お前のストーカーってわけじゃないんだが」

もっと振る舞いには慎重にならなければいけないのかもしれない。

まだ剥《む》き出《だ》しの心臓だった幼い頃とは違って、今の才人は他人にどう思われようと構わないが、日頃から接する家族や友人の好感度は下げたくない。

朱音は才人の隣を歩きながら、前を向いたままつぶやいた。

「……私は、羨ましいけど」

「羨ましい……？」

想定外の感想だった。

「だって、そうでしょ？ そんな記憶力があれば、勉強で苦労しなくて済むもの。相手の嫌がることとか、好きなことをよく覚えていれば、しっかり気配りできるし」

「お前が……気配りを……？」

才人は耳を疑った。

「失礼ね！ 私も好きでケンカしてるわけじゃないわ！ 東京湾に沈めるわよ!?」

女子高生とは思えない脅し文句を吐き、朱音は肩を怒らせてさっさと前を行く。攻撃的なのは変わらない。

けれど才人は、足取りが少し軽くなるのを感じた。

さっきのゲームについて、朱音は才人のことを気味悪がっていたわけではないらしい。ただ負けたことを悔しがり、いつものように対抗心を燃やしていただけだったのだ。

クラスの連中は才人とケンカをしようとはしないが、距離を置いている。自分たちとはかけ離れた異常な存在だと感じ、競争も交流も試みない。

だが、朱音《あかね》は最初から、才人《さいと》と距離を置こうとしなかった。ぐいぐいと迫ってきて、ぶつかって、火花を散らした。

それは腹立たしいことではあったが、中学までとは違って才人が孤独を感じる暇もなかったのは、騒々しい朱音がいたからなのかもしれない。

才人をライバルだと公言して挑んできたのは、朱音が初めてだった。


コンビニで四人分のアイスを買ってから、才人と朱音は自宅に帰った。

リビングでは、糸青《しせい》と陽鞠《ひまり》がゲーム機を起動してしまっていた。

「あっあっ、糸青ちゃん！　そっちにゾンビが行ったよ！」

「ゾンビはトモダチ。仲良くできるはず」

「できないよー！　ほら噛《か》まれてるじゃん！」

「ふぁいあー」

糸青が友達《ゾンビ》を火炎放射器で薙《な》ぎ払《はら》う。友達《ゾンビ》は炎の渦に呑《の》み込《こ》まれ、仲良く絶叫を響かせて蒸発していく。

ホラーゲーム。朱音の家にあったら明らかに異質なモノ。

朱音は血の気を失った顔で震える。

「あ、あんたたち……なにして……」

ソファから振り返る陽鞠。

「あっ、おかえりー。ゾンビのゲーム、朱音も買ってたんだねー。教えてくれたらよかったのにー」

「わ、私が買ったというか……お父さんが買ってきたというか……ねえ？」

朱音は才人に視線をやる。

――俺に同意を求めるな！

パニックに陥っているのだろうが、悪手すぎる。

「どうして朱音のお父さんのことを才人くんが知ってるの？」

案の定、陽鞠が不思議がっている。

朱音はうろたえながら弁解する。

「そ、それはっ、お父さんと才人がスーパーの魚売り場で運命的な出会いをして！　意気投合した二人は真冬のマグロ漁にっ……！」

お前はなにを口走っているんだ！　と才人は朱音を睨《にら》みつけた。

対抗して朱音は殺し屋の眼《め》で睨《にら》み返《かえ》してくるが、才人にはまったく睨まれる筋合いがない。

「才人《さいと》くんって、マグロ漁とか好きなの？」

変なところに陽鞠《ひまり》が興味を示してくる。

かくなるうえは、この流れに全力で乗るしかない。

「あ、ああ。マグロ漁はいいぞ！　一本釣りしたマグロをその場で解体して、どんぶりで搔《か》き込《こ》むのは格別だ！」

才人はワイルドに親指を突き上げた。

陽鞠は両手を合わせる。

「へー、すごーい！　今度、私もマグロ漁に連れてって！」

「き、機会があればな……」

「女の子の力でも、マグロって釣り上げられるのかな？」

才人は歯を見せてウインクする。

「力が足りないときは、俺に頼れ」

「才人くんかっこいー！　頼るー！」

「ハハハ……」

無限の汗が才人の冷却を進めている。

話を合わせるためとはいえ、自分のプロフィールに妙な設定が追加されるのは苦しい。

今までマグロ漁とは無縁の人生である。が、今後のことを考えるとマグロについても詳しく調査しておかなければならない。

朱音《あかね》と才人は揃《そろ》って廊下へ撤退し、小声で緊急会議を始める。

「なんでゲーム機を片付けてないんだ？」

「片付けなきゃいけないものが多くて、時間が足りなかったのよ！　ホラーゲームのソフトは置いてなかったから、大丈夫だと思って……」

「あれはダウンロードソフトだ」

きょとんとする朱音。

「だうんろーどそふと？　他のところに置いていても勝手に歩いて戻ってくるソフトってこと？」

「呪いの人形か！　ゲーム機の中にソフトがいろいろ入ってるんだ！」

「そんな分厚い機械には見えないけれど……」

文化圏の違いに、才人は頭を抱えた。朱音はどこまでも一般人で、ゲーマーの常識は通じないらしい。

「説明は後だ！　早くアイツらからゲーム機を取り上げないと、大変なことになる」

朱音は固唾《かたず》を呑《の》んだ。

「大変なこと……？　まさか、遊んでいる人までゾンビになってしまうとか……？」

「呪いのゲームか！　そうじゃなくて、あのゲーム機にはちょっと……お色気系のゲームも入ってるんだ」

才人《さいと》の自白に、凍りつく朱音《あかね》。

激怒と侮蔑が秒速で上限に達したのか、片言で宣告する。

「……ケイサツニ、ツウホウスルワ」

「合法だ！　普通に高校生がやっていいヤツだ！」

「なんでそんなの入れてるのよ！　せっ、性欲魔人！」

「性欲魔人じゃねえ！　有名な格ゲーのファンディスクみたいなゲームなんだ！　普段は全力で殺し合っているヒロインたちが……まあその、水着でビーチバレーしたりするゲームで……」

「やめろ！」

「もしもし警察ですか？　今すぐ始末してほしい人がいるんですけど……」

才人は朱音からスマートフォンを奪い取り、通話を終了させる。

朱音は即座にスマートフォンを取り返し、廊下の端まで逃亡する。

ぶんぶんと指を振り回して、才人を批難する。

「け、穢《けが》らわしいわ！　あ、あんたなんて、全身を洗剤で強制漂白の刑よーっ！」

「なんとでも言ってくれ！　しかしこのままでは、そのお色気ゲームがアイツらに見つかって、朱音が『お父さんが買ったの』と説明しなくてはいけなくなる……」

「大変だわ――!!」

朱音はリビングに駆け戻った。

真面目に勉強しなさいよと叱りつけ、容赦なくゲーム機を回収する。クローゼットに放り込まれそうになったゲーム機を才人が回収し、こっそり封印しておく。

なんとか勉強会に復帰する一同。

今度こそ脇道にそれてやぶ蛇を出さないよう、才人は陽鞠《ひまり》の指導に力を入れる。

勉強に集中していれば、自宅の細かい矛盾に突っ込まれる余地もない。素直な陽鞠は呑《の》み込《こ》みも早く、めきめきと理解が深まっていくのが面白い。

そうしているうちに、窓の外は夕闇に満たされていた。

「あ～う～。頭がグルグルするよ～」

慣れない勉強をやりすぎた陽鞠は、ノートに覆《おお》い被《かぶ》さって目を回している。

「お疲れさま」

朱音が紅茶をいれて運んでくる。

糸青《しせい》はさっそくガブ飲みしようとするが火傷《やけど》し、肩を跳ねさせる。震えながら紅茶をテーブルに置き、才人を見上げる。

「兄《あに》くん、ふーふーして」

「そのくらい自分で冷ましなさい」

「シセの肺活量では不可能。お茶を吹き飛ばせない」

「吹き飛ばさんでいいから頑張れ」

才人《さいと》に促され、糸青《しせい》はふーふーと紅茶を冷ます。

陽鞠《ひまり》は持ち上げたカップに鼻先を寄せる。

「いい薫り……紅茶いれるの上手だね～」

「陽鞠がコツを教えてくれたからよ。まだ陽鞠の方が上手だし」

「そんなことないよー。朱音《あかね》の方が上手だよー」

「紅茶の種類とかも、陽鞠の方がいっぱい知ってるじゃない」

いちゃつく朱音たちを横目に、才人は『コイツ……俺以外のヤツにはライバル意識を燃やさないのか……?』と微妙な心境になる。相手を立てることもできるのなら、才人に対してもそのスキルを発揮してほしい。

陽鞠は紅茶をすすってカップをテーブルに置き、才人を見やった。

「今日はありがとー、みっちり授業してくれて。才人くんのお陰で、少し数学が分かってきた気がするよ」

「それは良かった。お前はまだまだ伸びそうだし、教え甲斐《がい》がある」

「ホント?　じゃあ、次は才人くんの家で……とかはどうかな?」

「俺の家は困る」

というか、今まさに才人の家にいる。

陽鞠は悪戯《いたずら》っぽく微笑《ほほえ》む。

「どうして？　私、才人くんの部屋に行ってみたいな」

「あのなぁ……」

才人は体温が上昇するのを感じた。

「あー、赤くなった。かわいい♪」

陽鞠がテーブルに肘を突き、才人に肩を寄せてくる。

その拍子に、陽鞠の腕が紅茶のカップに当たった。カップが引っ繰り返り、中身が制服とノートに浴びせられる。

「あっ」

「大丈夫!?」

慌てて立ち上がる朱音。

「待ってろ、布巾持ってくる！」

才人はキッチンに走り、食器棚の引き出しから布巾を取り出した。

「これで拭いてくれ」

「ありがとう！」

才人から布巾を受け取る陽鞠だが――すぐに首を傾《かし》げる。

ぱちくりと、無邪気な瞳が瞬く。

「……あれ？　才人《さいと》くん、なんで布巾の場所知ってるの？」

「「…………!!」」

才人と朱音《あかね》の二人が、稲妻に打たれたように身を硬直させた。

陽鞠《ひまり》は握り締めた布巾と才人の顔を見比べている。

朱音は今まで見たこともないような表情で、だらだらと汗を流している。

――やばい。やばいぞ。

才人は胃の奥が焦燥にひりつくのを感じた。ここで答えを間違えば、勘の良い陽鞠は才人の秘密に気づくだろう。

乾いた舌を剥《は》がすようにして、才人はゆっくりと言葉を選ぶ。

「い、今のは……勘で探してみたら、当たってしまったというか……」

沈黙する陽鞠。

さすがに弁解に無理があっただろうかと、才人は緊張しながら陽鞠の反応を窺《うかが》う。

「そうなんだ！　才人くんってすごいね！」

陽鞠が目を輝かせた。

――信じるのかよ！

呆《あき》れ半分、安堵《あんど》半分の才人。やはり陽鞠は素直な子だ。

「シセの計算によれば、この面積の住宅で適当に布巾を探して一発で見つかる確率は百五十六万分の……むぐ」

余計なデータを与えようとする糸青《しせい》の口を才人《さいと》が塞ぐ。

陽鞠《ひまり》は制服を布巾で拭くが、なかなか染みは消えない。

「あんまりこすると染みが落ちなくなるから、早く洗ってきた方がいいわ」

「う、うん。洗面所って、どっちだっけ？」

「シセが案内する。着替えもある」

まるで自宅のような我が物顔で、糸青が陽鞠を廊下へ連れて行った。

蛇口を開ける音、水を流す音が洗面所の方から聞こえてくる。

リビングに残った朱音《あかね》が、才人を非難がましい目で見る。

「陽鞠にちやほやされてデレデレしてるから、凡ミスやるのよ」

「デレデレはしていない」

「してるじゃない！　だいたい、あんたが勉強会を断ってくれれば、ややこしいことにはならなかったのよ！」

荒々しく詰め寄って、才人の胸に指を突きつける。

「さすがにあの状況で断るのは陽鞠に悪いだろ」

「なに？　陽鞠のご機嫌を取りたいの？　なんでも喜んでさせてくれそうだから？」

「そんな下心はない！」

「陽鞠がくっついてるときとか、才人は完全に犯罪者の顔だったわ！」

「嘘《うそ》だよな……？」

才人はちょっと心配になった。

「嘘じゃないわ！ 『カネを出せ』って顔だったわ！」

「下心の方向性が違う！ それはただの強盗だ！」

「とにかく、あんたのデレデレした顔は気持ち悪いのよ！ 見てるだけでイライラするから、皮ごと剥《は》ぎ取《と》ってくれないかしら!?」

「無茶《むちゃ》言うな！」

「あんたが自分でやれないなら、私が――」

突然、辺りが真っ暗になった。

「きゃー!?」

飛びついてくる、やわらかい感触。直前までの生意気な態度が幻のように、朱音は震えながら才人にしがみついている。

「お前……あいかわらず怖がりだな」

「停電なんて怖くないわ！」

涙目で見上げる朱音。

「いやめっちゃ泣きそうだろ」

「こ、これは目薬を差しただけよ！」

「今の一瞬で⁉」

「一瞬の気の迷いが命取りなのよ！　ドライアイが手遅れになって目玉が飛び出してしまったらどうするの⁉」

「どうすると言われても……」

人間にはドライアイで眼球が射出される機能はない。

リビングとオープンキッチンは、闇に満たされていた。ハードディスクレコーダーや炊飯器のランプもついていない。

窓の外からは他の家の灯《あか》りが見えている。地域一帯が停電したわけではなく、電力の使いすぎで才人《さいと》の家だけ停電したのかもしれない。

「ブレーカーを見てくる」

才人がリビングを出ようとすると、朱音《あかね》が才人のシャツを掴《つか》む。

涙目を超えたマジ泣きで訴える。

「こんな恐ろしいところに置き去りにしないで！」

「自分ちだぞ」

才人は呆《あき》れた。

「誰か天井に住み着いてるかもしれないじゃない！　ハートのパジャマを着たおじさんが笑いながら見ているかもしれないじゃない！」

「やめろ。なんだそのホラーは」

想像がたくましいにも程がある。

「どんな可能性も無限大ってことよ！　このままじゃ二人とも死ぬわ！」

「死にはしないと思うが……」

朱音は渾身《こんしん》の力で才人にへばりついていて、平和裏に引き剥《ひは》がせそうにない。無理をすれば朱音が怪我《けが》をするか、才人の制服が引きちぎられるか、いずれにしても悲惨なことになりそうだ。

才人は諦めてリビングの床に座り込んだ。そのうち電気は戻るだろう。

朱音は才人から離れようとしない。この少女は強いように見えて、どこか脆《もろ》い。

制服のスカートが擦《す》れる音、ひんやりとした髪から漂う甘酸っぱい匂いに、才人は朱音の存在を意識する。闇の中でじっとしていると、その存在感がさらに濃くなっていく。

朱音がつぶやいた。

「やっぱり、男って……素直な子が好きなの？」

「なぜそんなことを聞く」

「……別に」

才人《さいと》のシャツを掴《つか》んだ朱音《あかね》の手が、小さく震えている。うつむいた顔は前髪に隠されてほとんど見えないけれど、唇がきゅっと結ばれている。

才人は胸の奥が微《かす》かにうずくのを感じた。

素直な子。それが陽鞠《ひまり》を指しているということは、察することができた。

そして素直じゃない子が、誰なのかも。

「お前は、お前のままでいいと思うぞ」

「……！」

息を呑《の》む朱音。

「わ、私の話を、してるわけじゃ……」

この期に及んでシラを切る。

「じゃあ、俺もお前の話はしない。これは、少女Aの話だ」

「少女Aって……犯罪者みたい」

「お前に関係ないヤツのことなんだから、構わないだろ？」

才人は笑った。

どういう心境で朱音が質問したのかは、分からない。ただ、その質問が朱音にとっては勇気の要るもので、本音に近い部分から発せられたというのは、分かる。

だから、才人もたまには剥《む》き出《だ》しの心で語りたい。

「確かにアイツはめんどくさいが、最近はなんとなく、考えていることが分かるようになってきた」

「そ、そうなの……？」

怯《おび》える子猫のように、朱音が尋ねた。

「ああ。アイツは意地っ張りで、頑張り屋で、恥ずかしがり屋だ。なかなか感情をストレートに出そうとはしないが、悪意があるわけじゃない。むしろ、誰よりも人の幸せを願っている」

「か、買《か》い被《かぶ》りすぎ……」

恥ずかしそうに、朱音が身じろぎする。

「だから、アイツの世界一めんどくさいところも……俺は嫌いじゃない」

言ってしまってから、才人は耳たぶが焼けるように熱くなる。素直じゃないのは、きっとお互い様だ。こんな些細《ささい》な言葉を伝えるだけでも、才人の心臓は暴れてしまう。

「世界一めんどくさいって、なによ。……バカ」

唇から漏れた罵倒は弱々しく、甘さを帯びていて。

才人の胸に、朱音の額が押し当てられる。

そのとき、リビングの照明がついた。

「電気、戻ったみたいだな」

「え、ええ」

朱音《あかね》が安堵《あんど》していると、廊下のドアが開いて陽鞠《ひまり》が戻ってくる。

「あー、びっくりしたー。急に停電なんて……」

「あっ……」

硬直する朱音。その体は才人《さいと》に寄り添い、手は才人のシャツを握り締めている。恐怖で我を忘れていたとはいえ、普段の朱音にはあるまじき状況で。

陽鞠が目を丸くする。

「……仲良し？」

「仲良くないわー!!」

朱音の叫びが響き渡った。


「結局、なんでウチだけ停電したのか分からないんだよな……」

翌日、才人は教室の机で首を捻《ひね》っていた。

電子レンジや炊飯器など、消費電力の大きな家電を使っていたわけではない。あの後はまったく停電にならなかったから、配線の問題というわけでもないだろう。ネットでいろいろと調べてみたが、停電についての情報は見つからなかった。

「どうして気になってるの？」

才人の机の上に座っている糸青《しせい》が尋ねた。

「原因不明でまた停電になったら困るだろ。特にゲームの途中とか」

「確かに困る。そう、あれは兄《あに》くんが新作ＲＰＧに熱中していた小学生の頃。シセが悪戯《いたずら》でブレーカーを落としたとき、悲劇は起きた」

「嫌なことを思い出させるな」

絶望の記憶がまざまざと蘇《よみがえ》ってしまい、瞑目《めいもく》する才人。

糸青は淡々と語る。

「ちょうど保存中だったセーブデータ。突然の停電に、そのゲームだけではなくあらゆるデータが破壊され……」

「今回もお前が犯人だな？」

才人は糸青の両脇を抱え上げ、空中で尋問した。

「シセはなにもやっていない」

首を横に振る糸青。無抵抗で吊《つ》り下《さ》げられている姿は、まるで人形のように見える。表情が読めないせいで、真実かどうかも判断できない。

才人は諦めて糸青を床に下ろした。

陽鞠が才人の机に歩み寄ってくる。

「才人《さいと》くん。さっきの授業で、分からないところがあったんだけど……また教えてもらえないかな？」

「おう。学習意欲が高いのは良いことだ」

「ありがとー！」

動機がなんであれ、今のうちにしっかり勉強を進めておけば陽鞠《ひまり》の将来に役立つだろう、と才人は思う。若い恋は一瞬だし、卒業したら陽鞠も才人のことを忘れてしまうかもしれないが、学んだことは無駄にならない。

陽鞠が朱音《あかね》を手招きする。

「朱音も一緒に教えてもらおうよー！」

「私はいいわ。そんなヤツに教わることなんてないし」

つん、と顎をそびやかす朱音。

「ああ、そうかい」

才人は肩をすくめた。

今日も朱音は通常営業。こんなことなら、昨日は暗闇に放置して少し分からせてやった方がよかったのかもしれない。

次こそは容赦してなるものか、と才人が思い定めていると、朱音が才人の机の上に身を屈《かが》めた。才人に顔を寄せ、垂れた髪を掻《か》き上《あ》げながら、密《ひそ》かにささやく。

「か、帰ったら、しっかり教えなさいよね」

朱音《あかね》は踵《きびす》を返して席に戻り、机に突っ伏す。耳たぶが真っ赤になっている。

——困ったな……。

才人《さいと》は椅子の上で落ち着きなく身じろぎした。

自分の耳も、真っ赤になっている自信がある。

トン
!?
朱音!?
結局ワナを仕掛けたのか!?
解除を忘れたのか俺への純粋な殺意か不明だが…
…
この天才が素人のトラップに引っかかると思うな…!
しゅばっ
チーン
朱音の帰宅まで残り三時間

第二章 『デート』 episode2

爆音と共に、才人《さいと》の勉強部屋のドアが開かれた。

いや——蹴り開けられた。

鈍器を大量に抱えた朱音《あかね》が、鼻息も荒く押し入ってくる。

眼《め》は血走り、唇は吊《つ》り上《あ》がり、まさに鬼神の形相。

「さあ！　勉強を教えてもらいに来たわよ！」

「俺を殺しに来た、の間違いではなく……？」

才人は反射で椅子ごと窓際まで飛び退《との》いていた。この家で命を救うのは常識的な思考ではない、野性的な反射神経である。

「貴重な情報源を殺したりはしないわ……」

「それ情報を渡したら即殺されるヤツだよな」

「なにをゴチャゴチャ言っているの？　この私があんたに教えさせてあげようとしているのよ!?　大人しく教えさせてもらいなさい！」

「こんな力強い上から目線は初めてだ」

「う、うううううるさい！」

朱音は鈍器――よく見れば教科書やら分厚い辞書――を机に叩《たた》き下《お》ろす。烈火のごとく頬《ほお》が紅潮しているのは、重いものを運んできたせいか、それとも才人に教えを請うのが恥ずかしいからか。

「よし、まずはお前の実力テストの答案を見せてもらおうか」

「いきなりなにを!?　敵にそんな機密情報を渡すわけないでしょ!?　弱点がバレたら、そこから攻め落とされるかもしれないじゃない！」

朱音の警戒度は急上昇した。

「別に攻め落とさんから安心しろ。お前の得点傾向を分析したいんだ」

「そ、そうやって私を丸裸にするつもりなのね……」

朱音は涙目で自分の体を抱き締めた。

くくく、と才人は唇を歪《ゆが》めて嗤《わら》う。

「お前だって、なにがなんでも俺に勝ちたいんだろう……？　自分の弱点を克服すれば、俺に勝つ方法が見えてくるかもしれない……。ここで手段を選んでいる場合じゃないと思うがな……？」

「くっ……」

朱音は悔しげに顔を歪めると、才人の勉強部屋を飛び出した。

すぐに戻ってくるや、綺麗《きれい》に折り畳んだ答案を震える手で差し出す。

「あ、あんまり……じろじろ見ないで……」

「お、おう……」

少し悪乗りしてしまった才人《さいと》だが、そこまで全力で羞恥に悶《もだ》えられると、なんだか犯罪的なことをやっている気分になる。

罪滅ぼしというわけではないけれど、朱音《あかね》の手伝いができるようにと、才人は英語の答案に目を走らせる。同じテストを受けているから、問題は暗記している。

「ど、どうかしら……？」

「なんで分かるの!?」

「後の問題になるほど正答率が下がってるな。これ、時間が足りなくなって焦っただろ」

「字もよれよれになってるし。なんかヤケクソ感が出てるし」

「一時間が短すぎるのが悪いのよ！」

「世界のシステムの根幹に文句を言うな」

「一時間が五千六百分あったら絶対に百点取れるのに……」

朱音は爪を噛《か》んだ。

「みんな同じ時間を与えられて、その中で解いているんだから仕方ない。字の書き方からして、序盤の問題に時間をかけすぎだ。もっと適当に解け」

「適当に解いて間違えたら、あんたに負けるでしょ！」

肩を怒らせる朱音。

丁寧に解いてもタイムアップで負けているんだが……と才人は思うものの、火に油を注ぎたくはないので言わないでおく。

「お前の弱点は、すぐ感情的になるところだ」

「なってないわ！」

朱音は机をバンバン叩《たた》いた。

「今もなってるだろ！　机が可哀想《かわいそう》だからやめなさい！」

才人は野犬のように唸《うな》る朱音を机から引き離した。

「そして、感情的になるとお前の知能はめちゃくちゃ下がる。普段は頭いいのに、マイナス五十くらいになる」

「知能にマイナスってあるの!?」

「言葉の綾《あや》だ。お前も自覚してるだろ」

「う……。ま、まあ……」

朱音は不承不承認めた。

——自覚してるのかよ！

自分で訊《き》いておきながら、才人は驚く。

それなら、もうちょっと冷静さを保つ努力をしてほしい。朱音がパニクる度に結婚の事実が漏れそうになったりと大変なのだ。

「テストでも、その弱点が出ている。時間が足りなくなって焦るのは当然だから、まずは慌てないようペース配分をきっちりやることだな」

「でも、読解とかすごく時間かかるし……」

「ノリで読め」

「読めないわよ！　先生が意地悪で、知らない単語をいっぱい詰め込んでくるから！」

「読解ってそういうもんだしな。だけど……そうか。朱音《あかね》はクソ真面目だから、適当に読むっていうのがまず苦手なのか……」

才人《さいと》は考え込む。

「だったら、勘に頼らなくても済むようにした方がいいな」

本棚の奥から、『マッスル！　ボキャブラ筋肉！　三万語スペシャルマスター！』というタイトルの本を引っ張り出す。表紙では、ムキムキのボディビルダーが輝く笑顔でアルファベットのポーズを取っている。

「な、なにこれ……」

朱音は尻込みした。

「語彙力増強用の参考書だ。とりあえず三万語覚えたら確実に英文が読めるようになる」

「そんなに覚えられないわよ！」

才人は鼻で笑った。

「いけるだろ。一日三百単語ずつ覚えれば百日で終わる」

「書き取りで私の手も終わるわよ！　はっ!?　そういうこと!?　私の手をボロボロにして、テストを受けられなくするつもりね!?」

顔面蒼白《そうはく》で後じさる朱音。

「書き取りは効率が悪いから、やらなくていい。単語は見て覚えるんだ」

「見て……?」

「そもそも人間の記憶っていうのは、思い出そうとするときに刻まれて強化されるんだ。だけど、書き取りはバカみたいに手癖で繰り返しているだけだから、脳がまったく刺激されない。やるだけ無駄だ」

「でも、学校では書き取りが大事だからって、宿題も出るし……」

才人は肩をすくめる。

「教師もバカだからな」

「あんたって……」

朱音は呆《あき》れ果《は》てた顔をする。

「単語を覚える最速の方法は、これだ。まず、その日に覚えたい英単語と日本語を、まあ百個くらい全部通して読む。次に、英単語だけを見て、手で隠した日本語の意味を言えるか試してみる。完全に覚えるまで、これを何度も繰り返す」

「単語帳でなら、よくやるわね」

才人《さいと》は人差し指を立てる。

「ここからが重要だ。次の日は、新しい単語を勉強する前に、昨日の単語を復習する。英単語だけを見て、日本語の意味を答えるヤツだな。その次の日は、昨日と一昨日《おととい》の単語も復習する」

朱音《あかね》がごくりと唾を呑《の》んだ。

「そ、それ……一週間続けたら、一日七百単語くらい復習することにならない……?」

「だが、書き取りはしないから手に負担はかからない。思い出そうと頑張ることで繰り返し単語が脳に刻まれ、あっという間に語彙が増えていく」

「そんなに上手《うま》くいくかしら……」

半信半疑の朱音。

「騙《だま》されたと思って、とりあえず一日目をやってみろ。書き取りなんてしなくても、意外と頭に入るもんだから」

「……もし嘘《うそ》だったら、あんたの全身に書き取りするからね」

恐ろしい脅しを放ってから、朱音は参考書との睨《にら》めっこを始めた。

――油性ペンを家中から排除しておかなければ……。

才人は危機感を覚えながら、朱音の勉強を見守った。


五時間後。

勉強部屋で朱音が歓声を上げた。

「本当だわ！　書き取りしなくても、どんどん覚えられる！」

「だろ？　闇雲な努力なんて無駄、必要なのは世界をハックすることだ」

才人は笑った。

朱音は丸めた手を口元に添えてつぶやく。

「嘘をついていたのは先生たちだったのね……今すぐ復讐《ふくしゅう》に行かないと……」

「なにをするつもりなんだ……。ていうか復讐はするな、ヤツらも悪気はない。日本にはびこる根性論が悪いだけだ」

「また偉そうなことを言い出したわ」

「俺は偉いからな」

げんなりした表情をされるが、才人は気にしない。

「学問に王道なしと唱えて、苦労するほど前に進んでいる安心感をもらえるから、みんな無駄に努力したがる。だが、錯覚だ。学問に王道はある。それは——俺の道だ」

「あんたはどこまで偉くなるの!?」

「効率化を考えないのは、ただの思考停止だってことだ。太古から人間は道具を使って生活を効率化してきたんだから、勉強だって効率化できる。お前も分かったろ?」

「あんたが勉強するときの方法は便利ね。教え方も……ま、まあ、上手《うま》いし……」

朱音《あかね》は悔しそうにそっぽを向く。

——コイツが俺を褒めるだと!?

衝撃を通り越して恐怖を覚える才人《さいと》。今夜のうちに荷造りを済ませておかないと、手遅れになるかもしれない。

「俺が勉強するときの方法ではないぞ? 俺は自主学習なんてしないからな」

「じゃあなによ、この勉強法は!?」

「人間の記憶のメカニズムを本で読んだから、試しに作ってみただけだ。今まで何人かの生徒に教えて実験して、有効性も確認している」

「クラスメイトはあんたのモルモットじゃないって知ってる?」

「ちなみに一番効果が出たのは朱音だ。やっぱり元の頭がいいと違うな」

「なっ……」

後じさる朱音。彼女も急に褒められて恐怖を覚えているのだろう。朱音と闘うときは褒め殺しにするのが正解なのか、と才人は思案する。

「もう遅い時間だし、今日はこのくらいにして寝よう」

「寝ないわ。登校まであと八時間あるわ」

朱音は澄んだ瞳で告げた。

「寝ろ！　また睡眠不足で体を壊すオチだ！」

「壊さないわ。私の疲労は全部才人に行く仕組みだから」

「俺はお前にどんな呪いをかけられたんだ」

才人は朱音から参考書を引《ひ》き剥《は》がそうとするが、朱音は飽くまで参考書にしがみつく。全力で引っ張り合う二人。餅のごとく変形していく参考書。才人の力が一瞬緩んだ隙に、すかさず朱音が参考書をブラウスの内側に隠してしまう。

「こ、ここなら、さすがのあんたも手が出せないでしょ……」

頬《ほお》を火照らせ、はぁはぁと息を荒らげる朱音。揉《も》み合《あ》ったせいで服が乱れている。

「くそっ……卑劣な……」

才人は歯ぎしりする。

ここまで勉強をしたがる人間というのも珍しい。親が必死に尻を叩《たた》いてもなかなか机に向かわないのが、普通の高校生ではないのだろうか。

「お前、なんでそんなに勉強したいんだ？」

「前に言ったでしょ、お医者さんになりたいからって」

「もちろん覚えている。俺が質問しているのは、なんで医者になりたいかってことだ」

「それは……別にあんたには関係ないでしょ」

朱音《あかね》は不審げに才人《さいと》を睨《にら》んだ。

「もちろん、俺にはまったく関係ない。お前がどんな職業を目指そうが、結婚さえしていれば俺の目的は果たされるから、どうでもいい」

「で、でしょ……」

才人はためらいながらも、己の感情を正面から告げる。

「だが、俺は知りたいんだ――お前のことを」

「…………！」

朱音は目を見張った。

「し、知りたいって、なんのため……？」

「理由もない。目的もない。ただ、知りたい。表紙を見て中身が面白そうだと思った本を、読んでみたくなるのと同じだ」

「わ、私は本じゃないんだけど……」

恥ずかしそうにうつむく。

才人も体が焼けるように熱い。業を煮やして大胆なことを言ってしまった気がする。きっと朱音から気持ち悪がられるだろう。

しかし、朱音は才人の勉強部屋から逃げ出そうとはしなかった。

小さく息をついて、顔を上げる。

「……小さい頃、ね。三つ年下の妹がいたの」

「妹……？」

初耳だった。学校の行事で朱音の両親は見たことがあるが、妹はない。

「妹はすごく体が弱くて、しょっちゅう寝込んでいたの。お父さんとお母さんは妹の病院代を稼ぐため必死に働いていて、あんまり家にはいなかったわ」

「お前が料理が得意なのは、そのせいか」

朱音はうなずく。

「妹が苦しんでいるのを、私は黙って見ていることしかできなかった。『おねーちゃん助けて、助けて』って泣かれても、頭を撫《な》でてあげることしかできなかった。それが悔しくて、悔しくて……許せなかったの」

瞳がうっすらと濡《ぬ》れている。

張り詰めた空気を通して苦悩が伝わってきて、才人の胸が軋《きし》んだ。

「だから……医者になりたいと？」

「妹は救えなかったけど、他にも苦しんでいる人はたくさんいる。誰も泣かなくて済むように、私がやれることをしたいの。今度こそ、人を救えるだけの力が欲しいのよ」

朱音《あかね》は静かに語る。夜更けの静謐《せいひつ》に浸された彼女の姿は、普段とは違って見える。

――バカみたいに、真《ま》っ直《す》ぐなんだな。

性格は悪いし、凶暴だし、善人なんてものからは程遠いけれど、どこまでも純度が高い。

彼女は、燃える炎の塊だ。

「今、妹は……？」

「会えないわ。……とっても遠いところにいるから」

唇を噛《か》む朱音。

その意味が嫌でも分かってしまい、才人《さいと》は言葉を返せなかった。


数日が経《た》っても、朱音は元気がなかった。

登校前の朝食でも、トーストをかじりながらため息をついている。髪もリボンも萎《しお》れ、全体的に小さくなったように見える。

――どうした？　今日はケンカはしないのか？

などと才人は訊《き》きたくなるが、その質問はさすがにおかしい。『健康的な朝は二人のケンカから！』みたいな日常に順応してはいけない。二人は拳で分かり合う戦士の血脈ではない。

リビングのテレビでは、ニュース番組が流れていた。経営者を目指す人間として、才人は世の中の動きを把握しておくのが常だった。

『近頃人気の妹系アイドル！　全国のお兄ちゃんが熱狂する妹たちの魅力とは!?』という特集が始まり、画面に愛くるしいアイドルたちが登場する。小学生から中学生まで、童顔で低年齢層のメンバーが多い。

朱音が無言でテレビのスイッチを切った。

爽やかな朝には似つかわしくない、沈んだ表情。

「アイドルとか、嫌いなのか？」

才人が尋ねると、朱音は首を横に振る。

「別に。好きでも嫌いでもないわ」

「じゃあ、なんで……」

その問いには答えようとはせず、食べかけのトーストを皿に置く。

「あんたはいいわね、いつも糸青《しせい》さんが一緒にいて」

「アイツは空気みたいなものだからな」

「……私も、妹に会いたいわ。一緒にごはんを食べたり、お買い物に行ったり、映画を観《み》たり、したい」

遥《はる》か遠くを見るような目で、朱音《あかね》は窓の外を見やった。


今日の体育の授業は、バレーボールの試合だった。

コートを駆け回る他のチームを、才人《さいと》は体育館の端に座って眺める。

隣には、体操服姿の糸青《しせい》がちょこんと座っている。

「……で？　兄《あに》くん、今日はなんの相談だね」

「なぜ俺が悩んでいると分かった!?」

糸青から唐突に訊《き》かれ、才人は驚いた。

「シセは兄くんのことはなんでも分かる。兄くんが相談したいときは、やけにシセの方をちらちら見てくる……物欲しげな顔で」

「も、物欲しげな顔はしていないだろう」

身じろぎする才人。

「してる。シセの胸に顔をうずめて溺れたいってオーラが出てる」

「うずめ……？」

そんな物量はないと感じた才人の喉に、糸青のチョップが入る。絶妙な力加減をしているのか、まったく痛くない。

「まあ、お前の推理通りだ。ここんとこ、朱音《あかね》の元気がなくてな。どうしたらいいんだろうと考えている」

「一瞬で元気いっぱいになる注射があるけど、要る？」

糸青《しせい》は体操服のポケットから注射器を取り出した。

「なぜ持ち歩いてる⁉　そんな危ない薬は要らん」

「危なくはない。北条《ほうじょう》グループの研究所で正式に開発された薬。被験者の八割が素手でドアをもぎ取れるようなパワーアップを経験した」

「俺はまだ死にたくはないんだよなぁ……」

才人《さいと》は素手でドアをもぎ取る朱音を想像してぞっとした。

こっそり針を腕に近づけてくる糸青から、注射器を没収する。北条グループの連中は、糸青になんでもかんでも試作品を供与するのをやめてもらいたい。

「それに、体力の問題じゃない。かなり気分が落ち込んでるみたいでな」

「一発で笑いが止まらなくなる薬もある。あんぜん」

「一発って表現から危険性しか感じない。なんでも危ない薬で解決しようとするな」

才人は糸青のハーフパンツのポケットに手を突っ込んで、所持品を検査する。

「兄《あに》くん、くすぐったい。えっち」

糸青は小さな体をよじるが、欠片《かけら》もくすぐったそうな表情ではない。

ポケットの中からは、ガムやらチョコやらニボシやら、食べ物ばかり発掘された。他に怪しげな注射器を隠し持っている様子はない。

才人はパンドラの箱の中身をポケットに戻す。

糸青は出てきたニボシをくわえている。授業中に早弁（?）をすることに対し、注意する者はいない。体育教師ですら糸青のことは生徒というよりUFOから降りてきたお姫様ぐらいに思っている節がある。

「朱音のこと、元気にしたいの？　愛？」

「そんな綺麗《きれい》なものじゃない。単純に俺が息苦しいんだ、同居人が暗い顔してるとな」

「さすが兄くん。俺様ナルシスト」

「お前も私様ナルシストだろ」

「シセは自分が一番じゃない。兄くんの笑顔が一番」

糸青は才人に肩を寄せる。

「ありがとな」

そう言ってくれる相手が一人でもいるだけで、心が軽くなる。思考回路が理解できないと思われがちな糸青だが、才人は彼女の優しさを知っている。本当の妹のような糸青がいなくなったら、才人は寂しくて仕方ないだろう。

「朱音の妹、小さい頃に亡くなっているみたいでな」

「ん」

　静かに耳を傾ける糸青《しせい》。

「俺が朱音《あかね》に妹のことを思い出させてしまったせいで、朱音が元気をなくしているんだ。妹に会いたいって、寂しそうにつぶやいてな。俺の責任だから、なんとかしたい」

「兄《あに》くんが妹のフリをするとか？」

「俺では無理だろう。シセならともかく」

　しかし、糸青は日本人離れした外見だから、朱音の妹のイメージとは合わないかもしれない。そもそも、亡くなった人の代わりなんて誰にも不可能だ。

「お前が悲しいときは、どうしたら元気になる？」

「シセは、兄くんと遊びに行けば元気になる」

「遊びか……食材の買い出しなら、いつも行っているが」

　朱音だけを徒歩でスーパーに行かせるのは大変だし、荷物持ちの才人《さいと》は必要だ。二人分の自炊には結構な量の食材が求められる。

「多分、そうゆうのじゃない。シセは兄くんとならどこに行っても楽しいけど、朱音は喜ばない」

　才人は学年一の頭脳を振り絞って、朱音の心をシミュレートした。心理分析、これまでの収集データの走査、傾向の統計を瞬時に済ませ、朱音のニーズを考える。

「激安のスーパーに連れて行ったら……喜ぶよな？」

「０点」

糸青が才人の額を二本の指で突く。

「くっ……」

人生初の０点を喰《く》らった才人は動揺した。

「なぜだ！　俺の計算が間違っていると言うのか⁉　朱音はああ見えてせこいというか、お買い得が大好きなんだ！　相場の五割引の業務用スーパーなどに案内すれば、涙を流して喜ぶに決まっている！」

「シセの分析では違う。朱音は自分でも分かっていないけど、ものすごく乙女。オシャレなお店とか、スイーツショップとか、連れて行ってもらった方が喜ぶ」

「朱音が……乙女だと……？」

混乱する才人。あの暴走ドラゴンと、乙女という単語が、どうしても脳内で繋《つな》がらない。

糸青がよだれを垂らす。

「よって、兄くんは予行演習として、シセをスイーツショップに連れて行くべき。今週は世界中のスイーツ食べ放題フェアが開催されている」

「お前、それが目的だよな？」

「シセの、シセによる、シセのための、在庫食べ尽くしフェアと言ってもいい」

「程々にしてやれ……」

才人《さいと》はスイーツショップの経営者に同情した。

糸青《しせい》とスイーツショップに寄ってから帰宅した才人は、玄関で心の準備をした。同居人に元気を出してもらうためとはいえ、こんな提案をするのは初めてだ。朱音《あかね》はどんな反応をするのだろうかと考えると、鼓動が速まっていく。

——頑張れ、俺！

才人は頬《ほお》を叩《たた》いて気合いを入れ、ドラゴンの巣くうキッチンに足を踏み入れた。

朱音は才人の方を振り返ることもなく、うつむいてお玉で鍋を掻《か》き回《まわ》している。その手つきにも、いつものような活気はない。

才人は咳払《せきばら》いした。

「え、えーと……ちょっと話があるんだが、いいか？」

「……何時間ぐらい？」

「ちょっとだ、ちょっと！」

「忙しいから、さっさと済ませてよね」

朱音の態度は飽くまでそっけない。これは断られる確率が高そうだ。だとしても、とりあえずは言ってみるだけ。

才人は深呼吸して、告げる。

「今度の休み、俺と遊びに行かないか？」

「ふえっ!?」

聞いたこともない間抜けな声を上げて、朱音が振り向いた。

「あ、遊び……？ 食糧の補給、じゃなくて……？」

「あ、ああ。兵站《へいたん》じゃなくてrecreationだ。たまには気分転換でもどうかと思ってな」

才人は右手を宙に差し伸べて語る。胡散臭《うさんくさ》い演説家のように大げさなボディランゲージだが、もはや自然体ではいられないから仕方ない。

朱音は困惑の表情を浮かべる。

「な、なんで私と……？ そういうのは、糸青さんと行くものでしょ……？」

「そ、それはそうなんだが……。映画とか、嫌いか……？」

「え、映画!?」

肩を跳ねさせる朱音。

「映画が終わったら、スイーツショップなどに行くのもいい」

「スイーツショップ!?」

後じさる朱音《あかね》。

「なんでも構わない。とにかく、二人で遊びに行こう」

「二人で――――!?」

首まで真っ赤になる朱音。

才人《さいと》も顔から火を噴きそうだ。

キッチンが妙な空気になってしまい、迂闊《うかつ》な提案をした自分を呪いたくなる。

実際、この空気は少し焦げ臭く……。

「お、おい！　鍋、大丈夫か!?」

「きゃー!?」

ほったらかしの鍋から、黒煙が上がっていた。

朱音は慌ててコンロの火を消し、鍋を掴《つか》んで廊下に駆け出していく。

が、すぐに戻ってきて、キッチンの入り口で立ち止まる。

はーはーと荒い息。涙目で才人を睨《にら》み。

「だ、だいじょぶ……」

「なにが!?」

「だから、遊びに行くのはだいじょぶ！　べんきょー、教えてもらったし！　でもホテルだけは、ダメだからっ!!」

朱音は黒煙に包まれながら鍋を持ったまま玄関から飛び出していった。

「どこへ行く!? 本当に大丈夫か――――!?」

才人は暴走する朱音を無我夢中で追いかけた。


――これはさすがにデートよね!?

朱音は才人の提案を思い出して混乱する。

二人で食材や日用品を買いに行くのは慣れているが、遊びに行くのは初めてだ。陽鞠《ひまり》とのデートを引き止めた日だって、結局は普段通りの買い物を済ませて帰宅した。

せっかくの陽鞠との楽しい時間を邪魔してしまったのは、悪いとは思う。自分に埋め合わせができるのなら、すべきなのかもしれない。

でも、まさか、入学以来の宿敵とデートなんて。

「朱音、大丈夫? お行儀が悪いわよ」

「……あ」

祖母の千代《ちよ》に言われて我に返れば、スプーンであんみつの器をぐるぐると掻《か》き混《ま》ぜていた。フルーツもあんこも見事に攪拌《かくはん》され、悪魔の離乳食のようになってしまっている。

千代に連れられて入った甘味処《あまみどころ》。

大福一個で千五百円と、とても女子高生の手が届く店ではないが、味は絶品だ。店内には身なりの良いおば様方の姿が目立つ。

「ごめんなさい。全部ちゃんと食べるから」

「無理しなくていいのよ。新しいのを持ってきてもらいましょう」

「平気よ。これも美味《おい》しいし」

朱音《あかね》は悪魔の離乳食をスプーンで喉に流し込む。

美味しいというのは嘘《うそ》ではないが、どうせなら原形を留《とど》めたまま食べたかった。特製あんみつ、三千五百円。

そんな朱音を、テーブルの向こうから千代《ちよ》がじっと眺めている。

「……才人《さいと》さんと、なにかあった？」

「えっ⁉　なにかって、なに⁉」

スプーンを取り落とす朱音。

「それを聞いてるんじゃない。困ったことがあるなら、おばあちゃんになんでも話してみなさい。きっと力になれるから」

「おばあちゃん……」

優しい微笑《ほほえ》みに、朱音は少し心が軽くなるのを感じる。

この問題に限っては、親友の陽鞠《ひまり》に相談するわけにもいかない。かといって、両親に打ち明けるのも恥ずかしい。

朱音はためらいながら告げる。

「あの、ね……？　才人から、二人で遊びに行かないかって誘われたんだけど……これって、デートなのかしら……？」

「………………！」

千代が目を丸くした。

年老いた頬《ほお》に、はらはらと涙が落ちる。

「どうして泣くの!?」

「やっと……やっと……才人さんとそういう関係になれたのね……」

「違うから！　多分おばあちゃんが想像しているような関係じゃないから！　映画とかスイーツショップとか行こうって言われただけで！」

「どう考えてもデートね。十ヶ月後に病院を予約しておきましょう」

「生まれないから！　気が早すぎるから！」

千代が手を挙げて店員を呼ぶ。

「店員さん！　お赤飯を持ってきて頂戴！」

「お赤飯はやめて――!!」

朱音は燃え盛る頬を抱えて、椅子の中で縮こまった。

店中のお客さんたちが生温かい視線を向けてきているのがつらい。穏やかな拍手を送ってきている人がいるのもつらい。祖母に相談したのは軽率だったかもしれない。

千代《ちよ》は繻子織《しゅすおり》のハンカチで目元を拭う。

「ごめんね、おばあちゃんったら、ちょっとはしゃぎすぎちゃった。曾孫《ひまご》の顔を見られるのが、もうすぐかと思うと」

「がっかりさせて悪いけど、もうすぐではないわ……」

「おばあちゃん、これでいつ死んでも思い残すことはないわ」

「死なないで。長生きして」

日頃は格式ある料亭を一人で仕切り、顧客のお偉方からも畏怖される女将《おかみ》の千代。その威厳と冷静さは朱音《あかね》も尊敬しているのだけれど、今日はよほど嬉《うれ》しかったらしい。

「それで、朱音は才人《さいと》さんの誘いに乗ろうかどうか迷っているのね？」

「ううん、遊びには行くって返事しちゃって」

「あらまあ」

千代は口を上品に手で押さえ、にまーっと笑った。

「な、なに、その顔？」

「即答しちゃったのね、才人さんとデートに行くって」

「即答ではないわ！」

紛《まぎ》れもなく即答だった。

「どういう心境の変化？ 才人さんのこと、あんなに嫌いだと言っていたのに」

「嫌いなのは今も変わらないわ。毎日ケンカばっかりしてるし、珍しく褒めてくれたときは余計落ち着かないし」

「ふうん……。落ち着かない、ねえ」

千代は面白そうにつぶやく。

「だったら、どうして才人さんの誘いを受けたのかしら？」

「……才人に看病してもらったり、勉強教えてもらったり、いろいろ借りがあったから。借りは返しておかないと気持ち悪いし」

「それは後付けの理由ね？」

「う……」

幼い頃から朱音を見守ってくれている祖母は鋭い。

「本当の理由は？」

穏やかな視線に晒《さら》され、朱音は身じろぎする。

耳たぶが焼けるのを感じながら、消え入るような声でささやく。

「……ちょ、ちょっとだけ、楽しそうって、思っちゃったから」

「ああ可愛《かわい》い！ 朱音は可愛いわ！ 才人さんも押し倒したくなってしまうわ！」

「落ち着いて！　いつもの格好《かっこ》いいおばあちゃんに戻って！」

テーブルを乗り出すようにした千代《ちよ》に抱きすくめられ、困惑する朱音《あかね》。

「そういうことなら、おばあちゃんに任せなさい！　こんなこともあろうかと、準備万端よ！」

「準備……？」

朱音は嫌な予感がした。

まだ悪魔の離乳食は残っていたが、千代が急《せ》かすので早々に店を出る。

タクシーで千代の屋敷に連れ去られ、奥の部屋に引きずり込まれる。

並んでいるのは、数え切れないほどの洋服、着物、靴、アクセサリー。千代の年齢というよりは、若者向けのデザインだ。

「こ、ここは……？」

朱音が戸惑っていると、千代が上機嫌で告げる。

「可愛《かわい》い朱音が恋をしたときのために買い集めていた、朱音専用の衣装部屋よ」

「恋はしていないわ！」

朱音は断固として主張する。

「ほら、こんなのはどうかしら？」

千代は朱音の訴えに構うことなく、嬉々《きき》としてラックから衣装を持ってくる。

背中と脇腹が露出し、下半身に深いスリットの入ったドレスだ。サテン生地の光沢が妖しい空気を漂わせている。

「おばあちゃん？ 私はパーティーに行くわけじゃないのよ？」

「ドレスコードのあるお店に行ったとき、ジーパンでは困るでしょう」

「高校生同士でドレスコードのあるお店には入らないわ」

そもそも朱音はスカートやワンピースが基本だから、ジーパンは持っていない。

「まずは下着から決めるべきかしらね。ご覧なさい、朱音のために用意した、至高の勝負下着の数々を！」

千代がクローゼットの扉を開けるや、ハンガーにかけられた大量の下着が現れる。

透け透けのベビードールや、防御力ゼロのTバック、なぜかお尻にハートマークの穴が空いたパンツなど、実用性皆無の下着ばかり。

これを着て才人《さいと》に会うなんて、考えただけで朱音は高熱に襲われる。

「い、いいい要らないわ！」

千代が心配そうに目を瞬《しばたた》く。

「下着は要らないの……？ 才人さんは喜んでくれるだろうけど、初デートから下着なしは刺激が強すぎるんじゃないかしら」

「下着は着けるわ！」

「だったら、ちゃんとした下着を選ばないと。才人《さいと》さんが朱音《あかね》を脱がせたとき、子供っぽいパンツが出てきたら幻滅されてしまうでしょう」

「才人がそんなことしようとしたら、全力でアイツの喉を噛《か》み切《き》るわ！」

朱音は頬《ほお》を燃やして叫んだ。


その日は、綺麗《きれい》な晴天だった。

突き抜けるような蒼《あお》の天蓋に、さっと白の筆が一筋。

若草の香《か》を乗せた爽やかな風が、住宅街の庭木を駆け抜けてさざめかせている。

——ガラでもないこと、するんじゃなかったかな……。

後悔と不安を感じながら、才人が玄関で待っていると、勉強部屋の扉が開く音がした。

ゆっくりと気後れがちな足取りで、朱音が階段を下りてくる。

「え、えっと……お、お待たせ……」

気恥ずかしそうに手すりに身を寄せた彼女は、いつもと雰囲気が違った。

桜の花を思わせる、薄いピンクのワンピース。腰で結んだ大きなリボンが、女の子らしくて愛くるしい。裾は苺《いちご》模様のレースで、そこから覗《のぞ》く素脚が眩《まぶ》しい。

ワンピースの上には、薄手の白いカーディガンを羽織っている。提げている小ぶりの鞄《かばん》は純白で、黄金の留め具が美しい。

二人で食材の買い物をするときには見たことがない、華やかなコーディネート。元から容姿だけは良い朱音がそんな可愛《かわい》らしい格好をしていると、破壊力が凄《すさ》まじい。

つい目を奪われる才人に、朱音が頬を赤くして睨《にら》んでくる。

「な、なによ……」

ワンピースの布を握り締め、才人の視線から逃れるように身をよじる。

「い、いや……今日は気合いが入ってるんだなと思って」

「おばあちゃんが無理やりくれたのよ。せっかくのデートなんだから、気合い入れなきゃって」

「そ、そうか……」

朱音が慌てて手を振る。

「あっ、も、もちろん、私はデートじゃないって分かってるわよ!? 夫婦でデートは成立しないし！ ただ二人で遊びに行くだけだって！ ……デートじゃないわよね？」

「お、おう。デートではない。断じて違うとも」

才人は動悸《どうき》を覚えた。

夫婦でもデートは成立するはずだし、朱音の姿はデート服だし、才人も結構オシャレな服をチョイスしてしまっているのだが、認めるわけにはいかない。

「私とあんたがデートなんてするわけないものね！　おばあちゃんってば、勘違いしちゃって困るわよね～、あはは……」

「ははは……」

乾いた笑いを漏らす二人。

「だけど、おばあちゃんが買ってくれた服を無駄にするのは悪いし、お洋服は可愛《かわい》かったから、着てもいいかなって」

「まあ、確かによく似合ってるな」

「ふあっ!?」

才人《さいと》が素直に褒めると、朱音《あかね》は跳び上がった。

野良猫のようにドアの向こうへ逃げ込み、顔だけを出して怒鳴る。

「やめなさいよ、そういうの——!!」

朱音の顔は真っ赤である。怒っているのではない、恥ずかしがっているのだということが、さすがに才人にも伝わってくる。

「……スマン」

「べ、別に、あやまらなくてもいいけど！」

謝らなくて、という簡単な言葉もきちんと発音できていない。まともに舌が回っていない。よほどうろたえているのだろう。

「今日は、髪をワックスでセットしていないのね」

「ああ。ごわごわして鬱陶しいしな」

才人は整髪剤をつけていない髪に触った。

朱音は非難がましく口を尖《とが》らせる。

「陽鞠《ひまり》とデートする日はセットしてたくせに……」

「結局デートはしてないだろ！　セットしておいてほしかったのか？」

足を踏み鳴らす朱音。

「はあ!?　してほしくないわよ！　気持ち悪いもの！」

「じゃあ怒らなくていいだろ！」

「怒ってないわよ！　誠意が足りないって言ってるだけよ！」

「なんなんだ……」

朱音との意思の疎通は、ラスボスレベルの難易度だ。楽しいお出かけ――にしなければいけない日――なのに、本日も朝っぱらからケンカが絶えない。

なんのかんのと言い争いつつ、二人は自宅を出発した。同じ学校の生徒たちに遭遇しないよう、バスと電車を乗り継いで五駅先の街まで足を延ばす。

駅の構内は、休日を楽しむ群衆でごった返していた。朱音は人の流れを読むのが苦手なのか、しょっちゅう誰かに激突しては悲鳴を上げている。

「ああもうっ！　また謝りもしないで逃げていったわ！　なんなのあれ！」

「お前がぶつかりに行っているんだろう」

「私はぶつかりに行っていないわ！　障害物がたくさんあるのが悪いのよ！　きゃー!?」

言ったそばから通行人に衝突。

髪は乱れ、鞄《かばん》の肩紐《かたひも》は外れかけ、まだ一日は始まったばかりなのに満身創痍《まんしんそうい》である。

朱音《あかね》は涙目だ。

「うう……絶対わざとよ……全世界が私の敵なのよ……」

「仕方ないな……俺が誘導する」

才人《さいと》は朱音の手を取った。

「ちょっ……」

朱音はわずかに抵抗する素振りを見せるが、才人が有無を言わさず手を引くと、大人しくなってついてくる。

朱音の手の平は絹のようになめらかで、少しひんやりとしていた。才人の手とは違って小さな手、折れそうなくらい細い指に、少女を感じる。つい勢いで手を握ったが、大胆なことをしてしまった気がする。

——これじゃ、本当にデートみたいだな。

意識すると、鼓動が速まっていく。手が汗ばみ、朱音に気持ち悪いと思われないか心配になる。

　朱音の方を見やると、彼女は赤い顔でおずおずと才人を見上げた。

「な、なに……？」

　かすれた声。慣れないことをして、朱音も緊張しているのだ。

「な、なんでもない」

「じゃあ止まらないで、さっさと外に連れていきなさいよ……恥ずかしいから」

「お、おう」

　才人は余計に体中が熱くなる。朱音の手に力がこもるのを感じる。

　羞恥に堪えながら、朱音を連れて群衆のあいだを潜《くぐ》り抜《ぬ》けていると、人々の視線が朱音に向いていることに気づいた。

　特に男たち。舐《な》めるような視線が朱音の全身を走り、それから才人を見て、苦々しげな表情に変わる。通り過ぎてから振り返って朱音を見る男もいる。

「感じ悪いわね……今日もガンをつけてくる人ばっかりだわ。そんなに私とケンカしたいのかしら」

「いや……したいのはケンカではないと思うが」

「ころしあい!?」

「なんでお前は攻撃的な方向にしか考えられないんだ」

才人《さいと》は苦笑した。

彼らの目に宿っているのは、明らかに欲望だ。もしくは、羨望。

校内でも美少女として有名な朱音《あかね》だが、その美貌は学校の外でも通用するらしい。少なくとも、大勢の人間が二度見するほどには。もしかしたら、わざとぶつかってきているというのも嘘《うそ》ではないのかもしれない。

そして彼らは、才人のことを朱音の恋人だと勘違いして、敵意を抱いている。実際は色気のある関係ではなく、結婚しているだけなのだが。

才人は駅構内の地下通路を抜け、階段を登って地上に出た。人工の照明とはかけ離れた鮮やかな陽光に、目眩《めまい》を覚える。

「ここまで来れば、大丈夫か」

「え、ええ……」

手を放す二人。特に走ったわけでもないのに、軽く息切れしている。才人の手に、まだ朱音の手のやわらかい感触が残っている。

才人と朱音は、近くのアーチをくぐって商店街に足を踏み入れた。

カジュアルショップやクレープ店、雑貨店など、若者向けの店が連なる歩行者天国。

虹色の巨大な綿菓子を食べ歩きしている者や、ド派手なファッションで歌っている者、怪しげな客引きなど、猥雑《わいざつ》な活気に満ちている。

行き交う通行人は、手を繋《つな》いだ学生の姿が目立つ。

「デート中のカップルばっかりね。ヒマなら勉強でもしていたらいいのに」

「そういう俺たちも勉強せず遊んでいるけどな」

「私は昨夜ちゃんと二日分の勉強をした上で来ているわ。宿題をほったらかしにして将来を捨てている人たちとは違うの」

朱音は顎を突き上げる。

——宿題を放置しているヤツばっかりとは限らないだろう。

だが、こんなことで口論しても仕方ない。

才人は小洒落《こじゃれ》た喫茶店の前で立ち止まった。

「とりあえず、猫カフェでも入ろうか」

「ここはダメよ！」

朱音は真っ青な顔で叫んだ。

「ど、どうした？　猫、好きだろ？」

「猫は好きだけど……この猫カフェは出禁になっちゃってるから……」

「いったいなにをやらかしたんだ」

才人が呆《あき》れると、朱音は後ろめたそうに目をそらす。

「べ、別に悪いことはしてないのよ？　ただ、お気に入りの猫をちょっと可愛《かわい》がりすぎちゃったというか……猫がへとへとになるから一日中居座るのはやめてって言われたというか……」

「ああ……。お前、加減できないタイプだもんな」

「加減はしてたわよ！　出禁になってからしばらくは、外から眺めるだけでガマンするようにしたし！」

「ガマンの仕方が怖い」

憤慨する朱音《あかね》。

「怖かったのは、警察を呼ばれそうになった私の方よ！」

「よし。ここから離れよう。今すぐ」

既に猫カフェの店員が才人《さいと》たちをしきりに見ている。スマートフォンを抱え、いつでも通報できる態勢を整えている。

「いやー！　ねこー！　わたしのねこー！」

「お前のではねえ！」

じたばた暴れる朱音を、才人は引きずって立ち去る。

——何事にも全力投球すぎるんだよな……。

夢を追うことにも、憎むことにも、愛することにも。

朱音はいつだって情熱的で、自分の感情を偽ることを知らない。その憎悪と同じくらい、彼女の愛情は激しいのだろう。

危険地帯から充分距離を置いた後、才人は歩く速度を緩める。

「猫カフェがダメなら、どこに行ったもんか……。陽鞠《ひまり》とは、どういうところで遊んでるんだ？」

「喫茶店とか、ゲームセンターとか、カラオケね」

「意外と普通だな」

「普通の女子高生だもの」

「普通の女子高生は猫カフェで出禁になったりはしない」

とはいえ、陽鞠の方は常識的な女子高生だから、そちらに合わせているのだろう。良い親友を持ったな……と才人は胸が熱くなる。

「じゃあ、そこのカラオケでも行くか？」

「密室に連れ込んで、いやらしいことをするつもりね!?」

朱音は警戒して後じさった。

「俺とお前は毎日密室で暮らしているだろう！　今さらなにが起きるんだ！」

「地震とか……」

「どういうメカニズムで!?　凄《すご》いな俺たち！」

ナマズが暴れると地震になるという伝承なら、才人も知っている。

「陽鞠《ひまり》が教えてくれたわ……デートでカラオケに入った男女は必ず、ちゅ……ちゅっちゅするって！」

朱音《あかね》は手を握り締め、真っ赤な顔で言い放った。

「必ずではないだろう……そもそもデートではないんだし……」

「なるほど！　それもそうね！」

納得するのかよ！　と才人《さいと》は内心で突っ込んだ。問題はデートで入ることではなく、男女二人で入ることにあると思うのだが。

カラオケ店の入り口で、朱音が才人を見上げる。

頬《ほお》を火照らせ、上目遣いで尋ねる。

「え、えっちなこと……しない？」

「……しない」

「キ、キスとかも……しない？」

「し、しないに決まっている」

はっきり口に出して訊《き》かれると、逆に意識してしまう。朱音の濡《ぬ》れた唇に視線が誘われるのを、才人は空を仰いで誤魔化《ごまか》す。

自動ドアを通って、二人は店内に入った。

糸青《しせい》と遊ぶときに作っておいたカードで、才人が二時間コースの手続きを済ませる。マイクのカゴを提げて部屋を目指す才人に、朱音がぎこちない足取りでついてくる。

二人の前には、先客のカップルが歩いていた。腕を絡め、やたらといちゃつきながら通路を進み、もつれ合って部屋に転がり込む。扉の向こうから、甘ったるい声が漏れてくる。

——やめてくれ……。

才人は名も知らぬカップルを恨んだ。後ろを振り返らなくても、朱音の顔がこわばっているのが容易に想像できる。

才人たちはカップルの部屋の隣に入った。ソファに座って荷物を下ろす二人。

朱音は辺りを見回しながら、ソファの上で腰をもぞもぞさせる。

「やっぱり、なんだかえっちな感じがするわ……どうしてかしら……」

「いや……まあ……」

彼女の言うことも、分からないではない。

現実感を失わせる、微妙に薄暗い照明。漂っている独特の匂い。

固くて窮屈なソファと、狭い室内の圧迫感が、密室に二人きりの状況を強調してくる。

隣の部屋ではカップルが真っ昼間から盛っているのだろうと思うと、尚更《なおさら》。

「と、とりあえず、曲を入れるわね！」

「あ、ああ。俺もなにか入れる」

朱音は焦ったように充電器からタッチパネル式のリモコンを取って、指を走らせた。

リモコンを手渡され、才人《さいと》が選曲に迷っていると、曲が流れ始める。画面に色分けされた歌詞が表示される。

「あ……二人用の曲にしちゃったわ……。いつも陽鞠《ひまり》とデュエットしてるから……」

デュエットの曲を一人で歌うことほど虚《むな》しいものはない。

「これなら俺も知っているから、一緒に歌うか？」

「え、ええ、お願い！」

朱音《あかね》がハートマークのついている歌詞、才人がスペードマークの歌詞を担当して、交互に歌う。

最近、動画サイトで流行《はや》りの曲。すれ違いが続く恋人たちを描いた、切ない歌詞だ。サビは力強くアップテンポで、ソロとデュエットのメリハリが大きい。

——朱音の歌声って、こんなに綺麗《きれい》だったのか……。

学校の授業では合唱が基本だから、才人は朱音の独唱をちゃんと聴いたことがなかった。天を貫くような高音、水晶のように透き通った声が、体の芯に響いてくる。

一生懸命、心を込めて歌う朱音の姿は、カラオケルームの中にいてもステージの歌姫より凛《りん》としている。

才人は負けじと低音を合わせ、朱音のソプラノを支援する。朱音も才人の顔を見て、テンポを揃《そろ》えてくる。

二人の声が響き合い、一つの音色に溶け合って、純度を高めていく。朱音の魂に浸されるような感覚。彼女の存在を、これまでになく近くに感じる。

随分と本気で歌っていたのだろう。伴奏が終わったときには、才人は汗だくになっていた。

「今の……すっごく気持ち良かったわね！」

朱音が目をきらきらさせて言った。

「意外とハモれるもんだな……」

才人は驚いた。朱音とは日頃からケンカばかりだから、まともにデュエットなんて成立しないかと思っていた。

「陽鞠とも、ここまでぴったりハモったことはないわ」

「そうなのか？」

「ええ。あの子とは昔からカラオケに行ってるから、誰よりも合わせるのは慣れているはずなんだけど……」

朱音は口元に人差し指を添えて首を傾《かし》げる。

「なんでだろうな……」

けれど、嫌な感じではない。デュエットのあいだ、才人も不思議な心地良さを覚えていた。曲の終わりが迫ってくるのが、もったいなく思えてしまうくらいだった。

「ねっ、ねっ、もっと合わせましょうよ！」

朱音《あかね》がはしゃいでリモコンの方に身を乗り出す。

リモコンが才人《さいと》の手元にあるせいで、二人の肩が自然と密着する。朱音の膝が才人の膝に寄せられ、首筋から甘酸っぱい香りが漂ってくる。

そのことにも気づいていないのか、テンションが上がっていて気にならないのか、朱音は浮き浮きと次の曲を入れる。デュエット曲だけで予約を埋め尽くす。

二人で熱唱し、あっという間に二時間が過ぎた。

カラオケ店を出た朱音は、背伸びしながらうっとりとつぶやく。

「はぁ～、気持ち良かったぁ……」

しどけなく緩んだ表情、恍惚《こうこつ》に染まった頬《ほお》は、微《かす》かな色香をまとっている。あれだけカラオケに入るのを渋っていたのに、いざやってみると満喫できたらしい。

「私とあんたって相性最悪だけど、声の相性は最高なのね！」

朱音は花の咲きこぼれるような笑顔で言った。

――可愛《かわい》い。

才人はそう感じてしまい、気まずくなって目をそらす。自分の内部で歯車が噛《か》み合《あ》わないというか、妙な違和感が生じている。

「いっぱい歌ったから、喉が渇いちゃったわ。スーパーでもないかしら？」

お出かけ中なのに自販機ではなくスーパーでジュースを買おうとするのが、倹約家の朱音らしいところだ。

「それなら、良さげなところがあるから行ってみないか?」

「どんなスーパー?」

「スーパーじゃない。最近できた店らしいんだが、百パーセントのフルーツジュース専門店なんだ」

「でも、お高いんでしょう?」

眉をひそめる朱音。

「高いは高いかもしれないが……苺《いちご》もある」

「いちご!　行く行く!」

朱音は顔を輝かせた。

「お前……苺ならなんでもいいんだな。トラック一杯の苺をやるとか言われたら、誰にでもついていきそうだ」

「そんなことないわ!　いいから早くその苺専門店の場所を教えなさいよ!」

「苺専門店ではないんだが……」

こんなに苺欲丸出しの人間は、才人も見たことがない。

緩い下り坂になっている商店街の通りを、二人は下っていく。虹色の綿菓子を売っている店の向かいに、フルーツジュースの専門店があった。

カラフルでポップな看板に、パステルカラーの店内。外壁はガラス張りになっていて、店員の作業を見学できる。注文時にイートインかテイクアウトのどちらかを選べるらしい。

店の外側にはブランコが幾つか設置されており、そこも席として利用できるようになっていた。才人《さいと》はレモネード、朱音《あかね》は苺《いちご》ジュースを頼み、ブランコに並んで腰掛ける。

「綺麗《きれい》……」

朱音はプラスチックの容器を掲げて眺める。陽光を浴びた苺ジュースは、赤い宝石を溶かしたようにきらめいている。

「飲まないのか？」

才人が尋ねると、朱音は慌てて容器を胸に守った。

「飲むわよ！　あんたに取られる前に！」

「別に取りはしない」

才人は自分のレモネードを飲んだ。

濃厚なレモンの風味、鮮烈な炭酸。ジュースというよりは、レモンにストローを突き刺してエキスを吸い取っているかのようだ。

朱音は苺ジュースのストローに唇を近づけた。まずは恐る恐るといったふうに小さな舌でストローの先を舐《な》め、それからストローをくわえて一気に吸う。

大きく見開かれる瞳。

「ん〰〰〰〰〰っ！」

朱音は肩を震わせ、足をぱたぱた動かして、全身で喜びを表現する。

「この苺ジュース、とってもおいしいわ！ シロップより甘いのに不自然な甘さじゃなくて、苺そのままって味で！ 苺も新鮮だし、畑で摘んですぐ食べてるみたいな感じよ！ ここの店長は人間国宝に指定して保護すべきだわ！」

「人間国宝は言いすぎだろう」

「言いすぎじゃないわ、そのくらいすごいの！ あんたも飲んでみなさいよ！」

朱音が苺ジュースのカップを才人に突き出す。自分がなにを言っているのか分かっていないくらい興奮しているのが、上気した頰《ほお》から伝わってくる。

後から怒られても困るので、才人は確認しておく。

「間接キスになってしまうが、大丈夫か？」

あ、と朱音が驚く。

「やっぱりダメ！ この変態っ！」

大慌てでカップを引っ込める。

「自分から勧めてきておいて変態とは……」

「わ、私から誘ったみたいな言い方しないで！」

「どう考えてもお前から誘ってきていただろ！」

照れ隠しとしても不条理すぎる。

「じゃ、じゃあ、いいわ」

朱音《あかね》がカップを才人《さいと》の方に差し出す。

「……え？」

「だからっ、少しぐらいなら、あげてもいいって言ってるの！」

涙目で悔しそうにうつむく。

「いや……お前の好物なんだし、自分で飲めよ」

彼女から苺《いちご》を奪ったら、末代まで祟《たた》られそうだ。そこまでのリスクを冒すほど、才人は苺への執着はない。

朱音はストローをくわえ、軽くブランコを揺らしながら苺ジュースを飲む。花に止まった蝶《ちょう》が蜜を吸っているような、絵になる姿だ。

「こんなお店、よく知っていたわね。いつも糸青《しせい》さんと来てるの？」

「お前と来たのが初めてだ。ちょっと調べた」

「そう……」

朱音は黙り込んだ。

華奢《きゃしゃ》な素足に履いた白のサンダルが、石畳から浮いて揺れている。

ブランコの軋《きし》む音が、微《かす》かに才人の耳朶《じだ》を打つ。

朱音は地面を見つめ、つぶやくように尋ねる。

「……どうして、私を遊びに誘ったの？」

「それは……なんとなく」

才人は言葉を濁した。正直に答えるのは気恥ずかしかった。

「なんとなくじゃないでしょ。あんたは合理主義者だもの。普段と違うことをやるときは、必ず理由があるはずよ」

「よく知っているな」

「敵を知り、己を知れば、百戦危うからず、よ」

朱音は得意気に胸を張る。

「で、どうしてなの？」

才人の方に身を乗り出す。

気になる気になると、朱音から気になるオーラが溢《あふ》れている。

これ以上はぐらかしても、無駄な争いを生むだけだろう。

才人は羞恥心に堪えながら白状する。

「俺が妹のことを思い出させてしまったせいで、お前の元気がなかったからだ」

目を丸くする朱音。

「まさか……、私の元気を出させるため、遊びに誘ったってこと？」

「まあ、ぶっちゃけそうだ」

「ふうん……。ふ──────ん……………」

朱音《あかね》は才人《さいと》の顔を下から覗《のぞ》き込《こ》み、まじまじと見つめた。

「な、なんだよ……」

才人は居心地の悪さに体を引く。

朱音はブランコの鎖を握り、照れくさそうに笑う。

「……元気、出た」

大きな瞳が優しく細められ、唇が穏やかにくねっている。

とろけるような笑顔に、才人は思わず見とれてしまった。

怒っているときの朱音は鬼だが、笑っているときは天使だ。

──もったいない。いつも笑っていたらいいのに。

なにかとケンカを吹っ掛けるのをやめて、素直な表情だけを見せていれば、誰もが朱音に惚《ほ》れ込《こ》むだろう。

朱音は勢いよくブランコから降り、才人の方を振り返る。

「お礼に、次はどこでもあんたの好きなところについていってあげるわ！」

「どこでも……？」

「あっ、えっちな場所はダメよ!?　それ以外なら、どこでも！　カラオケも苺《いちご》専門店も、私ばっかり楽しんじゃったし！」

「だったら、行きたいところはある」

朱音《あかね》向きのレジャースポットをネットで探しているとき、面白そうな店の情報を見かけたのだ。いつか一人で来ようかと思っていたが、道連れがいるのも悪くない。

「了解！　案内しなさい！」

意気揚々と告げる朱音と共に、才人《さいと》は商店街の通りを脇道に入る。ゴシック系のショップやハンドメイド雑貨店のあいだを抜けると、国道沿いの表通りに出た。

雑然とした商店街とは雰囲気が変わって、表通りには真新しいビルが建ち並んでいる。

ジュエリーショップのショーケースの前で、朱音がふと足を止めた。

「わぁ……」

真っ白な箱に飾られているのは、新作の指輪。

金色のリングにハート形の赤い宝石がはめられ、美しい輝きを放っている。

随分と長い時間、朱音はショーケースに張りつくようにして指輪に目を奪われている。

「……欲しいのか？」

才人が尋ねると、朱音は我に返る。

「べ、別に！　指輪なんて料理のジャマになるだけだし！」

腕組みして顔を背けるが、視線はちらちらと指輪に引き寄せられている。嘘《うそ》をつくのが下手な少女だ。

「欲しいなら、買ったらいいのに」

「無理よ！　高すぎるわ！」

言われて値札を調べた才人は、そこに書かれているゼロの多さにぎょっとした。

「確かに……高いな」

朱音はため息をついた。

「でしょ？　高校生の手が届く値段じゃないわ。大人になって自分でお金を稼いで、生活に余裕が出てきたら買うわ」

「そのときまで残ってるか……？」

門外漢の才人が見ても秀逸なデザイン。下手をすれば数日で売り切れそうだ。朱音の他にも数人の女性客が熱心にショーケースを眺めている。

「の、残ってるわよ、絶対！　じゃないと店員とお客を呪うわ！」

「無実の人を呪うんじゃない」

商取引を行っただけで呪詛《じゅそ》の対象になる世界は恐ろしい。

「じゃあ店員とお客を襲うわ！」

「お前は盗賊か」

「この世は弱肉強食なのよ！」

「だとしても今の時代は警察の方が強いな」

絶対的な力として警察が存在しているからこそ、法治国家の治安は保たれている。人を従わせることができるのは、究極的には暴力のみなのだ。

「うぐ……私が出世したら……覚えておきなさいよ……」

「その脅しはさすがに前衛的すぎる」

よっぽど指輪に一目惚《ひとめぼ》れしてしまったのか、朱音《あかね》は店先を離れても何度もショーケースを振り返っていた。分かりやすいが、さすがにちょっと可哀想《かわいそう》だ。とはいえ、才人《さいと》がジュース感覚で奢《おご》れる金額でもない。

二人は表通りのスクランブル交差点を横切り、大型ビルの一階テナントに入る。

広々としたフロアに陳列されているのは、ありとあらゆる種類のサプリメント。

各種ミネラル、ビタミン、プロテインなどの王道に加え、ルテインやノコギリヤシ、ギヤバなど通好みのラインナップも揃《そろ》っている。

壁に描かれているのは、筋肉に満《む》ち満《だ》た男女。

ゴリラのように壮健な歯ぐきを剥き出しにして、マッチョなポーズを決めている。

レジの店員もムキムキのタンクトップで、レジ打ちのどこにそんな筋肉を使うのか不明なほどの上腕二頭筋を誇っている。

「うわぁ……」

ジュエリーショップのときとは打って変わって青ざめた顔で、朱音がドン引きした声を漏らした。

「ここは……えっと……地獄？」

「全国唯一のサプリ試食専門店だ」

「サプリ試食!?」

才人は胸を高鳴らせて店内を見回す。

「サプリ会社が調査をするための店でな。アンケートに答える代わりに、客は好きなサプリを好きなだけ食べ放題できるらしい」

「そんなもの食べ放題したくないわよ！」

「なぜだ!?　体にいいぞ!?」

「逆に体に悪そうよ！」

朱音は今すぐ店から飛び出したい空気を漂わせている。

才人は早足で陳列棚に歩み寄り、色鮮やかな錠剤を取って頬張《ほおば》る。脳髄に染み渡るような刺激に身を震わせる。

「くうっ……キクな……このビタミンBは！」

「感想がサプリの感想じゃないわよ!?」

目を白黒させる朱音《あかね》。

タンクトップの店員が才人《さいと》に近づいてくる。

「お客さん、なかなか分かるタイプですねえ。こっちの商品もどうぞ。新開発のカルシウムなんですが、吸収率を従来品の三百倍に増やしてあります」

店員が口に直接放り込んでくれた錠剤を、才人は勢いよく噛《か》み砕《くだ》く。

「カルシウムが……骨にビンビン来やがる……！」

「クルでしょう？　一度味わったら病みつきですよ」

「俺はもう普通のカルシウムには戻れんかもしれん……」

「戻ってきて才人！　変な世界に呑《の》み込《こ》まれないで！」

朱音が必死に才人の頭を叩《たた》いて直そうとする。

「変な世界ではない。これこそが理想の世界、アルカディアだ！」

店員がポケットからそっと白い粉の入った袋を取り出す。

「そんなお客さんに、試していただきたいブツがありまして」

「ここって合法なお店よね!?」

「合法ですよ、もちろん。新開発のプロテインです。なんと一度飲んだだけでオリンピック優勝レベルの筋肉が手に入るという……」

「すごいプロテインだな！」

才人は感動した。

「すごすぎて合法性をまったく感じないわ……」

「キャッチコピーは『君は命と引き換えに筋肉を得る覚悟はあるか？』です」

「絶対売れないと思うから、キャッチコピーは考え直した方がいいわ……」

店員が才人に白い粉の袋を差し出す。

「どうですお客さん、ヤってみますか？」

「ヤろう。俺は水なしでプロテインを飲む訓練を受けている」

才人は力強くうなずいてプロテインを一気飲みする。

粉！　圧倒的な粉！

良質で濃厚なタンパク質が、喉を直撃する。

もうもうと吹き上がり、鼻腔《びこう》から粉塵《ふんじん》を放つ。

咳《せ》き込《こ》んでしまい、才人は急いで水を所望した。店員から手渡されたアミノ酸系ドリンクで喉のプロテインを流し込み、なんとか生き返る。

「もー、バカじゃないの」

朱音は肩をすくめるが、そこにいつもの敵意はなく。

昔からの友達のように、明るく笑ってくれていて。

こんな日がずっと続けばよいのにと、才人は思った。

才人？
なにして…？
プロテインを飲んでいる…
旨すぎてやめられない…
見ろ！
俺が手に入れた
理想の肉体を！
キャアァァ
これは夢…
これは夢…
ガタ
ガタ
ガタ
ただの
肉襦袢《にくじゅばん》だ！
戻ってこい！

第三章 『浮気』

episode3

才人《さいと》と朱音《あかね》のデート、もとい、ちょっと特別なお出かけから一晩が経《た》ち。

「どうしてテレビを観《み》ながらごはんを食べるの!?」

「お前だっていつも朝食のときはテレビを観てるだろうが！」

二人は朝っぱらからテーブルを挟んでケンカしていた。

武器のフォークを構えた朱音は、地獄の悪魔の形相だ。

「今日の卵焼きは頑張って作ったのよ！　ホウレン草とニンジンを使って中に室町幕府成立の年号を書いてたんだから！」

「いや頑張りすぎだ！　登校前になにしてるんだ！」

そして努力の方向性が分からない。足利尊氏《あしかがたかうじ》が建武式目《けんむしきもく》を制定した年を卵焼きに内包することの利点が才人には想像もつかない。

「勉強になるでしょ！」

「卵焼きで勉強したいとは思わん」

「アルファベットを勉強するビスケットとかあるでしょ！」

「ああ……シセが食べてるのを見たことはあるが……」

しかし糸青《しせい》は袋から口に直接ビスケットを流し込んでいた——まるで掃除機のような速度で——から、学習に活用できていた様子はなかった。

朱音《あかね》が拳をわななかせる。

「私の渾身《こんしん》の力作を……あんたは気づきもせず……アホみたいな顔でテレビを観《み》ながらパクパク食べて……」

「旨《うま》かったぞ?」

「そういうことを言っているんじゃないわ! ちゃんと年号を頭に刻みながら食べてほしかったの!」

才人《さいと》はため息をついた。

「それなら先に教えてくれ」

「言わなくても気づいてよ! すごいって褒《ほ》め称《たた》えてよ! テレビじゃなくて私の料理を見なさいよ!」

「はいはい、すごいすごい」

「言い方に真心が感じられないわ!」

「どうしたらいいんだ! 土下座でもしたら満足か!?」

「もういい! 先に出る!」

朱音は憤然と席を立ち、階段を駆け上っていく。

——なんでこうなるんだ……。

才人はテーブルで頭を抱えた。

お出かけで距離が縮まり、少しは平和に過ごせそうだと期待していたのに、あいかわらずの常在戦場。すぐに二人の歯車は噛《か》み合《あ》わなくなってしまう。

脳裏に浮かぶのは、ブランコに腰掛けていたときの朱音の笑顔。

天使のように無邪気で、女神のように可憐《かれん》で。

いつも彼女が笑っていてくれたら、才人の生活は素晴らしく快適なものになるはずだ。

——そういえば……アイツは指輪を欲しがっていたな……。

指輪をプレゼントしたら、朱音はまたあの笑顔を見せてくれるだろうか。些細《ささい》なことでケンカせず、穏やかな日々を送れるようになるのだろうか。物で心を買うのは気が進まないが、誠意を示す手段としては悪くない。

——まあ、高校生が簡単に買える額じゃないんだけどな。

才人は朱音が残した卵焼きを箸で取り、年号を眺めてから、口に放り込んだ。

放課後、糸青が才人の机にやって来た。

小柄な体でちんまりとランドセルのように学生鞄《かばん》を背負っている。

「兄《あに》くん、一緒に帰ろ。寄り道して奢《おご》ってもらう」

「なぜ俺が奢るのが確定してるんだ」

「兄が妹に奢るのは世界の摂理。富の再分配」

「絶対お前の方が豊かに暮らしてると思うんだよなぁ……」

根本的に庶民の才人《さいと》と、お嬢様育ちの糸青《しせい》では、生まれながらに生活水準が違う。今は祖父の天竜《てんりゅう》から生活費が送られてきているものの、朱音《あかね》との共有財産なので勝手に浪費するわけにもいかない。

「訂正する。シセは兄くんの手から餌を食べたいだけ。奢ってもらうこと自体が嬉《うれ》しい」

「急に下手《したて》に出たな」

だが、可愛《かわい》い。机に手を乗せて見上げている姿は、本当に餌を待つ子猫のようだ。兄心も周囲のクラスメイトたちの心も鷲掴《わしづか》みである。大勢の女子が財布を取り出してそわそわしているけれど、それはしまっておけと才人は思う。

「肉まんくらいなら奢れるが……今日、お前の家に行ってもいいか？」

「家出か」

「家出じゃない」

「シセの家に定住？」

「遊びに行くだけだ。大丈夫か？」

「もちろん。シセの家は兄くんの家」

糸青はスマートフォンを取り出して、ボタンを押した。市販のスマートフォンより丸っこく、ネコ耳がついている。

「兄くん特急便コース。大至急」

糸青は手短に用件を告げて通話を切った。

「なんだその謎のコースは」

「特急で車を呼んだ。兄くんが遊びに来てくれるなら、寄り道なんてもったいない」

才人の手を引っ張って、教室を出る。日頃と変わらぬ無表情だが、軽い足取りから浮き浮きしているのが見て取れる。

二人が玄関に下りると、既に糸青の家の車が到着していた。いったいどこで待機していたのか、法定速度は守っていたのか、いずれも不明。北条《ほうじょう》家のやることをいちいち気にしていても仕方ないので、才人はさっさと白塗りの高級車に乗る。

「お疲れさまです、お嬢様、才人様」

糸青の家のお抱え運転手が挨拶した。

格好はメイドだし、役職も糸青の掃除係兼おやつ係兼ボディガード兼監視役という、要するに総合お世話係だ。

男性の運転手では糸青を誘拐する危険性が高いとの理由で女性が選ばれているのだが、

クラスの女子たちもしょっちゅう糸青《しせい》をさらっているので性別は関係ないだろう。

「悪いな、急に送ってもらって」

「いえいえ、お嬢様のためでございますから」

メイド運転手が、バックミラー越しに才人《さいと》を見やる。糸青に似てクールなタイプで、微笑《ほほえ》んでいるのに表情はあまり変わらない。

「安全運転で頼むぞ」

「では、飛ばします」

「安全運転って言ったよな！」

「こちらの方が逆に安全なのです」

「逆に!?」

日本語が上手《うま》く通じていない。

「たとえ物体に激突しても、その物体の電子が回転する速度より速く通過すれば、損傷を受けることなく、すり抜けることが可能なのです」

「そんな怪奇現象が起きてたまるか！」

才人の抗議には構わず、メイド運転手は全力でアクセルを踏み込む。一気にメーターが振り切れ、車は突風を巻き起こしながら校門を飛び出した。

糸青はゲンコツを突き上げる。

「いけいけー」

「仰せのままに、お嬢様」

「これ以上煽《あお》るな！」

才人の制止は通用しない。

車はトップスピードでカーブを曲がり、他の車のあいだを潜《くぐ》り抜《ぬ》けて暴走する。別に追われているわけではないのに、一台カーチェイス。

糸青は才人にしがみつき、才人は振り落とされないよう座席にしがみつく。

「おい赤！　今、赤信号だったぞ！」

メイド運転手は怪訝《けげん》そうな顔をする。

「えっ、どうされました？　速すぎて見えませんでした」

「自分のハンドルさばきに動体視力がついていってないのはまずいだろ！」

「問題ございません。この車両には、北条《ほうじょう》グループが開発した最新の衝突防止機能が搭載されています。時速三百キロまでは衝突ゼロです」

「速度制限機能もつけてくれ！」

糸青が優しく才人の手を握る。

「安心して、兄《あに》くん。シセがついている」

「シセがついていても、なにも安心じゃないんだよな……」

「いざというときはシセがクッションになる」

「やめろ。一生のトラウマになる」

才人《さいと》は糸青《しせい》を腕の中に守って衝撃に備える。

恐ろしいことに、メイド運転手のドライビングテクニックは本物だった。普通なら確実にぶつかるであろう狭い裏路地を、かすり傷も負うことなく走り抜けていく。

才人が冷や汗をかいているうちに、車は目的地に到着した。

高い塀と頑丈な門に囲まれた、広大な敷地。

庭園には薔薇《ばら》の花が咲き誇り、奥に見事な洋館がそびえ立っている。

お伽噺《とぎばなし》の世界に迷い込んだかと疑うほどの、幻想感溢《あふ》れるゴシック系の建築物。

玄関の扉が開くと、吹き抜けの天井と巨大なステンドグラスが目に映る。

壁には、糸青の肖像画や彫像が飾られていた。親バカが遺憾なく発揮されている部分だが、そういう衝動に駆られるのも致し方ない。

才人と糸青は正面の階段を上り、糸青の部屋に入った。

天蓋つきベッドや優雅なテーブルが置かれた、お姫様が暮らしているようなメルヘンチックな部屋。才人の実家のリビングを二つ合わせたよりも広く、美しい絨毯《じゅうたん》が床を彩っている。

全体的に女の子らしいインテリアなのだが、ぬいぐるみや西洋人形に交じって水晶玉が飾られているのが、ちょっと怪しい雰囲気だ。

才人が絨毯に座って待っていると、糸青が衣装部屋からドレスを持ってきた。才人がいるのも構わず、目の前で制服のスカートを脱ぎ始める。

「なぜわざわざここで着替える……」

「他の部屋で着替えたら、兄《あに》くんとの時間がもったいない」

「そんなのすぐ済むだろ」

「一分がもったいない。兄くんとシセの仲なのだから、恥ずかしがらなくていい」

糸青の腰からスカートが滑り落ち、白タイツの脚が腰元までさらけ出される。なめらかなシルクの生地の向こうには、小さな下着が透けている。

「別に恥ずかしがってはいないんだが……」

妹同然の相手に欲情するほど才人は野獣ではないし、少し気まずいだけだ。

そして、糸青の容姿はあまりにも美しいせいで、俗世の欲望を拒絶するような空気がある。女でも、少女でもなく、妖精としか呼べない神秘的な姿。

ただしその妖精は、ブラウスを上手《うま》く脱げなくてじたばたしている。ボタンを外さないで着替えようと横着しているせいで、首と手首が引っかかっている。

「たーすーけーてー」

「まったく、仕方ないな。万歳しろ」

「ばんざい」

糸青《しせい》は素直に両手を上げた。

才人《さいと》がブラウスを引っ張って脱がせると、ぷはっと糸青が息をつく。

レースとフリルのあしらわれた、愛くるしいキャミソール姿。弱々しい鎖骨に長い髪が流れ落ち、真っ白な肩がぼんやりと光を帯びている。

「兄《あに》くん、どう？　シセの裸は」

「感想を求められても困る」

「きれい？」

糸青は上目遣いで才人を見つめる。西洋人形よりも長いまつげ。他の人間なら理性を破壊されてしまいそうな、妖しいオーラが漂っている。

「なにを今さら。お前は綺麗《きれい》に決まってる」

「嬉《うれ》しい」

糸青はキャミソールのまま才人に抱きついてこようとするが、才人は素早くドレスを糸青の頭に被《かぶ》せる。欲情しないとはいえ、目に毒なのは変わらない。

才人は糸青にドレスを着せ、背中のチャックを閉める。糸青は私服に装飾性を求めるため、一人で着られない服が多い。

才人はドレスの袖と腰のリボンもきちんと結んでやる。ついでに乱れた髪も整えてやると、お付きのメイドにでもなった気がしてしまう。

糸青は人形のように瞬きすらせず、じーっと才人を眺めている。

「兄くんは優しい。シセを猫可愛《ねこかわい》がりしてくれる」

「お前が危なっかしいから、しょうがなく面倒を見ているだけだ」

「シセがナイアガラの滝にダイブしたら、もっと面倒を見てくれる？」

「そこまでは面倒見きれん」

才人はレスキューのプロでもマントのヒーローでもない。

「うちで兄くんとのんびり遊べるの、久しぶり。なにして遊ぶ？」

「なんでもいいぞ」

「じゃあ、死体ごっこ」

糸青はさっそく絨毯《じゅうたん》に転がった。

「すまん、なんでもいいは言い過ぎた。死体ごっこ以外で頼む」

「人形遊びは？」

「そのくらいなら、にこやかに付き合う自信がある」

高校生の男女にしては幼い遊びだが、糸青がやるなら違和感もない。小さな頃から相手をしているから、才人も慣れている。

「じーじの知り合いの会社で、特注の人形を作ってもらった」

糸青《しせい》がクローゼットから人形を二つ持ってくる。

明らかにモデルは才人《さいと》と朱音《あかね》である。それはまあいいとして、顔が本物のようにリアルすぎる。しかも顔は実物大なのに、ボディが普通の人形だから、等身のミスマッチが不気味な雰囲気を漂わせている。

「コイツは……やばいな」

才人は人形を手に取りたくない気持ちが最大値まで上がった。

「いろいろと最新の機能を詰め込んでいる。たとえば、このスイッチを押したら……」

糸青が朱音の人形の左胸をつついた。

人形の目が赤く光り、地の底から響くような音声が流れる。

「ジンルイ……スベテ……ホロボス……」

「……ね？　似てるでしょ」

むふーっと得意気な糸青。

「確かに特徴は捉えているが怖すぎる」

最初に絶滅させられるのは恐らく自分なので才人は慄然とする。

糸青は朱音の人形の右胸をつつく。

「こっちのボタンを押すと、武器が展開される」

人形の左腕がメカニカルに変形し、火炎放射器が出現した。右腕も半分に割れ、チェーンソーが爆音を鳴らして突き出てくる。

「シセは知っている。兄《あに》くんって、こういうのが好きなんでしょ」

「好きだが！ めちゃくちゃカッコイイが！ この人形、朱音には絶対見せるなよ」

「どうして？ きっと朱音も喜ぶ」

「喜ばない！ 死ぬほど怒られる！」

下手をしたら実際に死人が出るかもしれない。

糸青が朱音の人形を持ち、才人に自分の人形を持たせる。

「本日の人形遊びは、これで戦う」

「俺が勝てる気がまったくしないんだが……」

火炎放射器とチェーンソーを装備している生物兵器と、生身でバトルするのは分が悪い。

「大丈夫、兄くんの人形はプロテインを飲ませるとパワーアップする機能がある」

「ほう……微妙な機能をつけてきたな」

才人は注ぎ口を探すが、なかなか見つからない。

「プロテインの注ぎ口は、ここについている」

糸青が人形の臀部《でんぶ》を指差した。

「俺にプロテインを尻から飲む習慣はない」

「ちなみに注ぎ口からガソリンを入れると、さらにパワーアップする」

「尻からガソリンを飲む趣味もない！」

糸青《しせい》の中の自分のイメージはどうなっているのかと、才人《さいと》は心配になった。体の構造は飽くまで人類一般と同じはずだし、ガソリンを粘膜摂取などしたら死んでしまう。

糸青が朱音《あかね》の人形を才人の人形に激突させる。

「てやー」

「ぎゃー」

兄の務めとして付き合ってやる才人。自分の人形を床でぐるぐると転がす。

この人形遊びを大真面目にやっている二人は、それぞれ学年NO・1とNO・3の成績である。高校に入学して朱音が現れるまでは、NO・2は糸青だった。

糸青が朱音の人形を揺らして勝ち誇る。

「うふふ、才人は今の一撃で抹殺したわ」

「いや人形遊びやる気ないのか」

一撃で戦いが終わってしまっては、話が続かない。

「大丈夫、あなたは死んでも蘇《よみがえ》るから。私の眷族《けんぞく》——ゾンビとしてね！」

「せめてヴァンパイアとかにしてくれ」

才人が注文をつけると、糸青は人形を放り投げる。

「兄《あに》くんは贅沢《ぜいたく》。ヴァンパイアになるには、シセに生き血をすすられる必要がある」

飛びついてくる糸青。

「意味が分からん！　本気で噛《か》むな！」

首にちゅーちゅーと吸いつかれる。幼い吸血鬼のようで愛らしいけれど、結構痛いし、キスマークみたいな跡が残りそうだ。

才人は引《ひ》っ剥《ぱ》がそうとするが、糸青は意地でも離れない。力加減を間違えたら糸青の腕がもげそうなので、無理に撃退することもできない。

才人と糸青が揉《も》み合《あ》っていると、廊下から足音が響いた。

足音が近づいてきて、部屋の扉が開けられる。

「あなたたち、なにをやっているの!?」

「お？」「あ」

一時停止する糸青と才人。

部屋の入り口に立っているのは、隙のないタイトスカートの美女。

流れるような豊かな長髪と、艶《あで》やかな口紅が印象的だ。

人を見つめるだけで畏怖させるほどに目力が強く、眉は細く整えられている。

彼女は北条麗子《ほうじようれいこ》、糸青の母親にして、才人の叔母である。

従兄妹《いとこ》とはいえ、年頃の男女が絡み合っているのを実母に目撃されるのは問題がある。

糸青の唇は才人の首に押しつけられているし、才人の手は糸青の胸を抱えている。

「叔母さん、これは……」

才人《さいと》が釈明しようとすると、麗子《れいこ》が才人に抱きついてきた。

「二人だけでイチャイチャするなんてずるいじゃなーい！　才人くんがうちに来てるなら、ちゃんと教えなさい！」

才人の髪をわしゃわしゃと掻《か》き混《ま》ぜ、額やら頬《ほお》やらにキスの雨を降らせてくる。

「ちょっ、叔母さん……」

派手なスキンシップに、才人は困惑した。

麗子の夫、つまり糸青《しせい》の父親はロシア人だし、麗子自身も外国暮らしが長かったせいで、愛情表現が欧米風なのだ。ちなみに糸青の父親は北条《ほうじょう》家に婿として入っている。

糸青が麗子のスカートを引っ張る。

「そのくらいにしてあげて。兄《あに》くんが口紅まみれになる」

麗子は不服そうな顔をする。

「糸青もたくさん才人くんにキスしていたんだから、今度はママの番でしょう？」

「たくさんはしてない。口紅をつけて帰ったら、兄くんが朱音《あかね》に浮気を疑われて殺害されることになる」

「別に浮気とは思われないだろうが……死亡リスクは高いな」

朱音は潔癖なところがあるし、破廉恥だとか言って激怒はしそうだ。シャツについた口紅は、帰宅する前に拭いておかないといけない。

麗子は不承不承、才人を解放した。

「今夜はうちでごはんを食べていくんでしょう？　料理人に才人くんの好きなものを用意させるわ」

「夜は早めに帰るよ。朱音が夕飯を準備してくれているから」

才人が辞退すると、麗子は柳眉を寄せる。

「新婚みたいなことを言うじゃない」

「一応、新婚だ」

「お父様の命令で同居しているだけでしょう。そんなに気を遣わなくても」

「気を遣わないと自宅が戦場になるんだよ……」

これは愛に満ち溢《あふ》れた配慮などではない。生存のための防衛である。

才人としても、実の親より可愛《かわい》がってくれている叔母の厚意を拒むのは心苦しい。しかし、朱音の逆鱗《げきりん》に触れたときの修羅場を想像すると、迂闊《うかつ》なことはできない。

「仕方ないわね。でも、次は必ず食べていくのよ？」

「ああ、ちゃんと朱音に断りを入れておく」

「とりあえず、下でお茶にしましょう」

廊下に出ようとする麗子を、才人は呼び止める。

「その前に、ちょっと相談があるんだが」

「やっと、うちの養子になる決心ができた？」

「そっちじゃない。叔母さんの会社で、人手を探していたりしないか？　俺に手伝えることがあったら、バイトをしたいんだ」

無能という理由で北条《ほうじょう》グループを追放された才人《さいと》の父とは違って、その妹である麗子《れいこ》はグループ内のソフト会社の社長を任されている。副社長は糸青《しせい》の父だ。

「北条家の人間がアルバイトだなんて……そんなことしなくても、お金が欲しいならお父様におねだりしたらいいわ」

生粋のお嬢様らしいことを麗子が言い放つ。

「じーちゃんに借りを増やすのは怖い。とんでもないことを要求してきそうだ」

「お父様は独裁者だものね。だからといって、私がとんでもない要求をしないとは限らないでしょう？」

「叔母さんは無茶《むちゃ》なことは言わないって信じている」

「買《か》い被《かぶ》りすぎね。私だって北条家の女、利益でしか動かない」

椅子に腰掛け、美しい脚を組んで才人を見据える。高校生の娘がいる年なのに、その姿はぞっとするほど艶《なま》めかしい。

「才人くん、なにか隠しているでしょう？　そのお金は、なんのために必要なの？」

蛇のように冷たい瞳に、才人は射すくめられる。

北条家の正当な血を引き、一ミクロン以下のミス——違和感すらも見つけ出す麗子を前にして、言い逃れできるはずもない。

才人は観念した。

「……プレゼントを買いたいんだ」

「なるほどね」

その一言で、麗子は贈り物の相手まで察したらしい。

才人が祖父の天竜《てんりゅう》に借りを増やしたくないのは事実だが、それだけではない。天竜にもらった金で朱音《あかね》にプレゼントを買うのは、なんとなく違う感じがするのだ。自分が努力して手に入れた金で贈らなければいけないような、漠然とした気持ちがある。

糸青がジト目で才人を見やる。

「シセはいたく傷ついた……兄《あに》くんがうちに来た目的は、シセと遊ぶためじゃなくて女にプレゼントを買うためだったなんて……」

「いや、そうじゃないぞ!? 主にお前と遊ぶためだ！ この話はついでだ！」

「ホントに？」

「本当だ」

「嘘《うそ》だったら、ガソリン飲む？」

「お、おう……嘘《うそ》じゃないからな」

才人《さいと》は臀部《でんぶ》をガードした。

「それなら、ゆるす」

糸青《しせい》が才人の腕に頭を擦りつけてくる。気持ち良さそうに目をつむり、まるで子猫だ。

しかし隙あらばガソリンを飲ませようとしてくる少女に油断してはいけない。

麗子《れいこ》は頬杖《ほおづえ》を突いて思案する。

「バイト、ねえ……。才人くんに頼めるようなこと、なにかあったかしら……」

「オフィスの掃除とかでもいいんだが」

才人が提案すると、麗子はすっと眼《め》を細める。

「もう少し、北条《ほうじょう》家の人間としての自覚を持ちなさい、才人くん。特にあなたは、お父様の跡を継いで帝王になる人間なの。そのあなたが雑用をやるなんて、認められるわけがないでしょう」

「掃除も必要な仕事だ」

「だけど、獅子《しし》と兎《うさぎ》は違う。王は王の道を進まなければいけないの。ただでさえ、どこの馬の骨ともつかない庶民の娘と結婚させられて泥がついているのに……」

「叔母さんは、この結婚に反対なのか」

「当然でしょう。私が期待していたのは……」

麗子が糸青の方に視線をやった。

糸青は黙って首を横に振り、麗子はため息をつく。

「まあ、いいわ。そういえば、うちの会社のソフトを翻訳《ローカライズ》している部署が困っているみたいでね。ローカライズ先の言語がマイナーすぎて、良い翻訳者が見つからないらしいのよ」

「そんなマイナーな言語にローカライズして、儲《もう》かるのか……？」

言語を使っている人口が少なければ、売上も小さくなってしまうだろう。

「慈善事業の一種ね。コスト度外視で基幹システムを使わせてあげる代わりに、その国のITインフラ事業を北条グループが全部もらっていこうという計画なのよ」

「まったく慈善事業ではないな……」

見返りが発生しまくっている。そもそも合理性の塊である北条グループが、国際社会などのために動くわけがない。

「その国の言語、三日で覚えられる？」

麗子が無茶苦茶《むちゃくちゃ》な要求をしてきた。

「三日だと？　バカなことを言わないでくれ」

才人は肩をすくめた。

ゆっくりと、指を立てる。

「……一晩だ。それだけあれば、すべて記憶できる」

麗子《れいこ》が唇を歪《ゆが》めて笑った。

「さすが私の甥《おい》。愚かな兄とは大違いだわ。あなたが私の息子だったらよかったのにね」

うなずく糸青《しせい》。

「そうしたら、兄《あに》くんが血の繋《つな》がった兄くんだった」

「充分、血は繋がってるだろ」

「もっと濃く繋がっていてほしい。今からでも手遅れじゃないから、チューブを刺して兄くんとシセの血を全部交換する」

「それは術後に手遅れなことになりそうだな」

才人《さいと》は糸青から後じさった。

「ローカライズの報酬はたっぷり払うし、機材もこっちで用意するけど、依頼にあたって条件があるわ」

「なんだ？」

麗子は糸青と才人の顔を見比べる。

「作業は、この家に通《かよ》って進めること」

「ローカライズくらいなら、自分の家でもやれると思うが」

「これは必須条件よ。呑《の》めないなら、あなたに依頼もしない」

交渉の余地がありそうな空気ではなかった。麗子の意図は不明だが、ここで無闇に異議を唱えるのは得策ではないだろう。

「……分かった。ここに通《かよ》って作業する」

「いい子ね。あなたは私の言うことを聞いていれば、それでいいの」

麗子はにっこりと微笑《ほほえ》んで、才人の頭を撫《な》でる。なにがなんでも自分の要求を押し通そうとするのは、天竜《てんりゅう》譲りなのか、北条《ほうじょう》家の伝統なのか。

「お父様が年甲斐《としがい》もなく初恋の幻を追いかけるのは勝手だけど……私は娘が可愛《かわい》いのよ」

麗子は小さくつぶやいた。


自宅の勉強部屋に入った才人は、机に資料を用意した。

ボキャブラリー増強用の参考書、文法の教本、辞書、用例辞典を置く。加えて、現代の小説、ビジネス書、古典文学を、それぞれ日本語と記憶対象の言語で一冊ずつ並べる。

授業さえ聞いていれば学年トップの座は揺るがない才人にとって、この勉強部屋で勉強をするのは初めてのことだった。

「さて……入力するか」

才人はボキャブラリー増強用の参考書を開き、ページをめくっていく。紙面に目を走らせ、単語と訳を脳に流し込み、瞬時に記憶する。

エンジンがかかってくると、眼球を動かすことすらなく、写真のようにページ全体をまとめて脳にスキャンし、さらなる効率化を図る。

それはもはや、人間の領域ではない。

コンピューターにも似た処理を、コンピューターを遥《はる》かに凌駕《りょうが》するオーガニックなニューロン結合体によって実行する。電気信号が大脳皮質を駆け巡り、火花を散らす。

大量の語彙をインプットしたら、次は文法をインプットして脳内にその言語の思考回路を構築。用例辞典で多様なパターンを把握し、語彙を対象言語における概念グラデーションの適切なポジションに配置していく。

「ま、まさか……あんたが勉強をするなんて……」

よっぽど集中していたのだろう。気づけば、朱音《あかね》が隣に立ちすくんでいた。前は決して才人《さいと》の勉強部屋に足を踏み入れようとしなかったのに。

「なにがあったの!? 死ぬの!?」

「死の間際になると勉強するのか俺は。勉強くらいで大げさだな」

才人は参考書を机に置いた。

「だって、あんたは人が必死に勉強しているときに『俺？ うーん、君らみたいな虫けらとは違うから、あくせく勉強なんてしないけどぉ？』って上から目線で言ってくるヤツだと思っていたから……」

「すごい嫌なヤツだな。俺のイメージそんなか」

しかし完全には否定できないのがつらいところだ。

「ちょっと、覚えたい言語があったんだよ」

「英語？」

「英語はもう全部覚えた」

「全部って……？」

「全部だ、全部。辞書の中身と、文法、用例辞典、あと英語圏の百科事典を二十巻ほど。英語が読めないと、日本語に翻訳されていない本を読めなくて不便だからな」

たじろぐ朱音。

「あんたって、学校来てる意味あるの？」

「学校は重要だぞ？ 俺はまだ十八だから、読書だけじゃなく学校生活を通して情緒やコミュニケーション能力を発達させる必要がある」

「言ってることが十八じゃないのよね。あんた、前世の記憶でもあるの？」

「前世なんてオカルトは信じてない」

「あんたの存在がオカルトでしょ」

「失礼だな。北条《ほうじょう》家の人間なんて、みんなこんなもんだぞ」

才人は肩をすくめた。

父親は北条家《ほうじょう》の才能が発現しなかったから、北条グループを追い出されて零細企業で平社員として働く羽目になったけれど。

才人《さいと》は記憶対象の言語と日本語の小説を左右の手で広げた。二つの言語の同じ文章を交互に読み進めていく。

「なにをしてるの……?」

「単語と文法のインプットは終わったから、翻訳された小説を読み比べて頭の中で熟成させている。こうやってしっかり混ぜてやると、いい感じにシナプスがこなれるんだよ」

才人は脳の熟成を助けるため、こめかみを指で揉《も》む。

「あんたがなにを言っているか分からないわ」

「あとは一晩寝て記憶を定着させれば完成だな」

朱音《あかね》が目を丸くする。

「まさか一晩で新しい言語を覚えるつもり!?」

「そのつもりだ。あんまり時間もないからな」

のんびりしていると、お目当ての指輪が売り切れてしまうかもしれない。

朱音は悔しそうに才人を見つめる。

「あんたを、私の中に入れたいわ……」

「なんかエロい」

「そ、そういう意味じゃないわよ！　変態なの!?」

真っ赤になる朱音。

身を守るように部屋の隅に後じさるが、そっちはドアの反対側だから逃げ道を失っている。自分で自分を追い詰めるタイプなのかもしれない。

「あんたの脳が欲しいって言ってるの！　今すぐ切り取って私に寄越《よこ》しなさいよ！」

「こっっっっわ」

才人は胸が震えるのを感じた。

感動ではない、純粋な恐怖からである。

「いいでしょ、減るもんじゃなし」

「減る。俺は無限に脳が増えるタイプの生き物じゃない」

「サメは歯が抜けても予備の列がどんどん出てくるのよ？　ワニだって新しい歯が生えてくるし」

「俺はサメでもワニでもない」

平均的な人間より多少成績は良いものの、体の構造は普通に人間だ。魚類や爬虫類《はちゅうるい》のうち特に凶悪な連中と同じことを期待しないでほしい。

「というか俺の脳を入れたら、それは朱音じゃなくて『朱音の体を手に入れた俺』になってしまうんだが、その辺りは大丈夫か？」

確認する才人《さいと》に、朱音《あかね》がハッとする。

「た、確かにそうだわ！　危ないところだったわ！　私の体は渡さないわよ！」

「俺の脳も渡さん」

睨《にら》み合《あ》う二人。

世の夫婦は誰しもこんなふうに、人体のパーツを巡って深夜に争いを繰り広げるのだろうか……と才人は思いを馳《は》せる。今後は大切な脳を守るため、ヘルメットを頭蓋に装着して就寝すべきかもしれない。

「だけど、なんで急に言語の勉強を始めたの？　海外旅行でもするの？」

朱音が小首を傾《かし》げた。

「いや、そういうわけじゃないんだが」

「じゃあ、どうして？」

「それは……まあ、気にするな。お前には関係ない」

才人が突っぱねると、朱音は憤慨する。

「関係ないけど、その態度が気に入らないわ！　理由を教えなさい！」

「断る。たいした理由じゃない」

朱音へのプレゼントを買うため、なんて恥ずかしくて言えないし、できれば当日まで隠しておいて驚かせてみたい。

「たいした理由じゃないなら、教えても構わないでしょ!? 吐きなさい! 吐きなさいってば――――!!」

朱音はムキになって才人の腕を揺さぶった。


放課後、才人は糸青《しせい》に連れられて屋敷に向かった。

白塗り高級車の送迎つきという、アルバイトとは思えない待遇である。

しかしメイドの運転はあいかわらず容赦なく、才人としては公共の交通機関を利用したい気持ちでいっぱいだったが、糸青が許さない。車内でもずっと才人の腕にしがみついていて、逃亡の余地はなかった。

屋敷に到着すると、才人は糸青の部屋に案内された。

糸青が普段使っている白い机の上に、真新しいパソコンが置かれている。その横にはマホガニー材の本棚が配置され、翻訳用の資料が詰まっていた。

「今日は、叔母さんはいないのか?」

才人は糸青に尋ねた。

「母は、どうしても外せない商談があるらしい。ローカライズするソフトと翻訳支援ソフト、仕様書とかはパソコンに入れてるって」

「助かる。ジャマだろうから、他の部屋で作業するよ」

パソコンを運ぼうとする才人《さいと》の前に、糸青《しせい》が両腕を広げて通せんぼする。

「ダメ。兄《あに》くんはここで作業する」

「人が仕事してたら、お前もくつろげないだろ」

「兄くんがいるところなら、シセはどこでもくつろげる。せっかく同じ家にいるのに、離れているのは意味が分からない」

「お前が平気なら構わないんだが」

才人はパソコンを机に戻し、椅子に腰掛けた。

糸青は才人の膝に腰掛けた。

「当然のごとくそこに座るのはやめてくれるか」

「兄くんの膝はシセのもの」

「そんなことはねえ。操作がしづらいだろ」

「操作なんてしなくていい。代わりにシセが翻訳する」

「カジュアルに人の仕事を奪うな」

才人は脇を持って糸青を抱え上げ、無造作に放り捨てる。

「あ〜」

ころころと絨毯《じゅうたん》を転がっていく糸青。

才人はパソコンを起動した。顔と指紋が認証《にんしょう》され、ログインに成功する。

ソフトの漏洩《ろうえい》を防ぐためだろう、セキュリティはしっかりしているようだが、才人の顔と指紋データについてはセキュリティが皆無だ。いつ誰に採取されたのかも分からず、才人の背に汗が滲《にじ》む。この分では虹彩《こうさい》や遺伝子データも収集されていそうだ。

才人がローカライズするソフトを起動し、動作を確かめるためいじってみていると、首筋を湿った感触が襲った。

「ひゃ!?」

驚いて振り返る才人。

「兄くん、かわいい。びっくりした?」

糸青が小さな舌を出して、才人の方に身を乗り出している。どうやら首をぺろぺろ舐《な》めていたらしい。

「俺は仕事に来たんだ！　ジャマをするな！」

「シセの相手をするのも仕事のうち」

「そんな依頼は受けていない！」

糸青は才人を見据える。

「受けていなくても、暗黙の諒解《りょうかい》として入っている。シセが言いつけたら、母は兄くんから翻訳の仕事を取り上げる」

「くっ……」

才人《さいと》は焦った。いつもは協力的な糸青《しせい》なのに、今日はなぜか強硬だ。

「もしかして、すねてるのか？　朱音《あかね》にプレゼントを買うためのバイトだから」

「違う。兄《あに》くんの生活を快適にするため、朱音を懐柔するプレゼントが必要なのは分かっている」

「そこまで分かっているのか……」

さすがは糸青、洞察力にかけては侮れない。

糸青は才人の膝に両手を置き、訴えるように見上げる。

「でも、シセの気持ちも考えてほしい。兄くんが結婚してから、シセが兄くんと過ごす時間は減った。兄くんの夢のためには仕方のないことだけれど、シセは寂しい」

「シセ……」

才人は申し訳ない思いがした。

超然とした言動が目立つせいで忘れがちだが、糸青だって人間で、十七の少女なのだ。人間の感情は持っているし、家族と過ごしたいと願うのも当たり前だ。

「ごめん。俺が無神経だった」

才人は糸青の手を取った。

糸青は首を横に振る。

「兄くんは悪くない。環境が急に変わったのに、兄くんは頑張っている」

「お前、俺をとことん甘やかすよな」

もし糸青が姉だったら、才人はあっという間にダメ男にされてしまいそうだ。

「シセも兄くんに甘やかされたい」

「なにか、お詫《わ》びにできることがあるなら……」

「こっち」

糸青は才人の手を引いて、ベッドに横たわった。

豪奢《ごうしゃ》な天蓋つきのベッド。ふわふわの寝具に包まれ、ゴシックなドレス姿で寝そべる糸青は、本物のお姫様のように見える。

糸青は才人に両手を差し出しておねだりする。

「兄くん。昔みたいにシセのこと、優しく寝かして」

「仕方ないな」

才人が並んで横たわると、腕の中に糸青が滑り込んでくる。

小さくて、やわらかな感触。糸青は細い脚を才人に絡ませる。

ミルクのような甘い匂いが、睦《むつ》まじく才人に擦りつけられる。

糸青は才人の胸に鼻をうずめて、すぅはぁと息をする。

「兄くんの匂い……好き……。兄くんとくっついてるの、すごく気持ちいい……」

うっとりと、艶を帯びた声音。

「まったく……」

他意がない言葉だと知ってはいても、才人《さいと》は気恥ずかしくなってしまう。家族同然、実の妹に等しい相手とはいえ、彼女は美しすぎる。

「頭、なでなでして」

「これでいいか？」

「ん……」

才人が髪を撫《な》でると、糸青《しせい》は目をつむって肩をぴくりと動かした。

とろけた表情で、才人の手に頭を押しつけてくる。

互いの呼吸が同調し、静かになっていく。幼い頃から慣れ親しんできた体温と匂い、脈動のリズムが、二人の意識を溶かす。

結局、その日は糸青と一緒に爆睡してしまい、才人は仕事に着手できなかった。

玄関のドアが開く音がしたので、朱音《あかね》は二階の勉強部屋を出た。

階段を下りていくと、制服姿の才人が玄関で靴を脱いでいた。

「……今日も遅かったわね。どこに寄り道していたのかしら？」

朱音《あかね》が尋ねると、才人《さいと》は後ろめたそうな顔をする。

「ちょっと用事を済ませていただけだ」

「用事って、なに？」

「お前には関係ない」

まただ。急に勉強を始めたことといい、最近の才人は様子がおかしい。毎日のように夜遅く帰ってくる。以前は朱音の手料理を楽しみにしていたのに、今夜は夕食も要らないと言われていた。

「疲れてるから、今日はもうシャワーを浴びて寝る」

「あっ……」

朱音の隣を才人が通り過ぎる。

ふわりと、甘い匂いが才人から漂った。食べ物の匂いでも、自宅で使っているシャンプーの匂いでも、才人自身の匂いでもない。

これは、女の子の匂いだ。

——もしかして、浮気⁉

とっさに思ってしまい、即座に首を横に振る。

浮気だからって、なんだというのだ。自分と才人の結婚は、飽くまで形だけのもの。浮気しようと、愛人をどれだけ作ろうと、才人の勝手だ。

だけど……気になる。なんだか胸がモヤモヤしてしまう。

形だけの結婚とはいえ、二人とも夢のために共同生活する関係なのだから、一言ぐらい断りがあってもいいのではないだろうか。

祖父母に勘付かれないよう口裏を合わせるためにも、浮気相手の名前は朱音に教えておくべきではないのか。

朱音が頭を悩ませていると、いつの間にか才人はいなくなっていた。才人の勉強部屋の方から物音が聞こえている。

朱音は憤慨して階段を駆け上り、勉強部屋のドアを勢いよく開く。

「あんた、まだ話は終わってな――」

中では、才人が制服から部屋着に着替えている最中だった。

悲鳴を上げてドアを閉じる朱音。

「なんでこんなところで着替えてるのよ!?」

「俺の部屋だが!?」

「押し入れの奥にこもって着替えればいいじゃない！」

「自分の部屋でそんな苦しい思いを!?」

ドア越しにも才人の困惑が伝わってくるが、朱音も困惑している。今すぐ忘れたいのに、才人の半裸が網膜に焼きついている。

室内の物音が聞こえなくなってから、朱音《あかね》は怖々ドアを開けた。

才人《さいと》は着替えを済ませ、椅子の陰に伏せている。奇襲に備える兵士の構えだ。

「……どうして隠れているの」

「怒ってるから……」

「別に殺しはしないわ。もっと大変なことになるかもしれないけど」

「ちょっと出かけてくる」

後じさる才人。窓から飛び出しそうな気配だが、ここは二階である。

逃がしてなるものかと朱音は距離を詰め、腕組みする。

「それで!?　愛人は何百人いるの!?」

「愛人!?」

「いるんでしょう!?　あんたがしらばっくれても、私には全部見えてるんだから！　あんたに子供が十億人いるってことだって、お見通しよ！」

「幻でも見えているのか……？　大丈夫か……？」

才人は本気で心配そうな表情をした。十億人は盛りすぎだったかもしれない。

だとしても、ここまで来たらちゃんと事実を確かめないと、朱音は落ち着かない。

声にドスを利かせて、才人に宣告する。

「あんたがどうしても自白しないつもりなら、私にも考えがあるわ……」

「な、なんだ……？」

才人の喉がごくりと動く。

「ええと……そうね……なにかしら……。な、なにかとっても恐ろしいことをするわ！」

「まだ考えてないだろ！」

「う、うるさいわね！ おぼろげには考えてるのよ！ 詳しい計画がこれからってだけで！ そのときになって泣いても知らないからね！」

朱音は才人の鼻先に人差し指を突きつける。いっぱいいっぱいになっている自分が恥ずかしくて、少し涙目になってしまっている。

才人は肩をすくめた。

「愛人なんているわけないだろ。俺にとっての最優先は、夢を叶《かな》えることだ。じーちゃんにバレて台無しになるようなことはしない。お前もそうだろ？」

「そ、そうだけど……」

だいたい、朱音は色恋沙汰に興味はない。才人と無理やり結婚させられていなかったら、結婚なんて思いつきもしなかっただろう。

才人は机で本を開き、朱音に背を向ける。

「お前に迷惑はかけない。だから、ほっといてくれ」

「……っ！」

朱音《あかね》は奥歯を噛《か》んで部屋を出た。


祖母の行きつけの甘味処《あまみどころ》で、朱音は抹茶を呷《あお》る。

両手で茶碗《ちゃわん》を抱え、一気に飲み干し、ぷはーっと息をつく。

体に染み渡る、茶葉の苦味。

飲まないとやっていられないという大人の気持ちが、今日ばかりは分かる気がする。

「いい飲みっぷりね。店員さん、この子に抹茶をもう一杯」

祖母の千代《ちよ》が追加の注文を入れてくれる。

朱音は串を噛《か》み砕《くだ》くようにして団子を食いちぎり、腹立ち紛《まぎ》れにぱくつく。桜の風味がついた生地に、上質なあんこが包まれている。

「最近、才人《さいと》の帰りが遅いのよ。私の作った夕飯も食べないって言うし。どこでなにをしてるのか、教えようともしないし」

愚痴る朱音を、千代は微笑《ほほえ》みながら眺める。

「朱音の手料理、才人さんに食べてほしいわよねえ」

「ち、ちがっ……食べてほしいわけじゃなくて！　私に隠し事をしているのが嫌なの！」

「才人さんのこと、心配？」

「心配でもないわ！」

「天竜《てんりゅう》さんの孫だけあって、才人さんは素敵な青年だものね。他の女の子にも人気があるでしょう？」

「もー！ からかうのやめて、おばあちゃん！ そういうのじゃないわ！」

朱音は顔が火を噴きそうになる。

「才人さんのこと、狙っている子はいないの？」

千代は探るように朱音の目を覗《のぞ》き込《こ》んだ。

陽鞠《ひまり》の顔が思い浮かんで、朱音は身じろぎする。

「い、一応……いるけど……。その子と会っているわけじゃないと思うわ。才人となにかあったら、ちゃんと私に報告してくれるはずだし。才人が遅く帰ってきた日、その子は喫茶店でバイトだったし」

「あらあら。アルバイトなのかどうか、気になって確かめたのね」

「う………」

夜に陽鞠と通話したとき、それとなく確認した朱音である。どうしてそこまで気になるのか、自分でも自分が分からない。行動にコントロールが利かない。

千代は小さくため息をついた。

「朱音は、自分の気持ちを素直に出すのが苦手な子だものねえ」

「そんなことないわ。怒ったときはちゃんと思い知らせてるわ」

朱音《あかね》は主張するが、千代《ちよ》は苦笑する。

「おばあちゃんもね、若い頃は素直じゃなかったのよ。天竜《てんりゅう》さんがデートに誘ってくれたときだって、どうしても行くって言えなくてねえ。本当は行きたかったのに、すぐ飛びついたらはしたない子だと思われそうで恥ずかしかった」

「え……、おばあちゃんと才人《さいと》のおじいさんが結ばれなかったのって、おばあちゃんのせいだったの？」

朱音は目を丸くした。

千代はぎこちなく咳払《せきばら》いする。

「天竜さんの誘い方も押しつけがましいというか、傲慢だったのもいけないのよ？　だけど、まあ……私が状況を悪化させたのは間違いないわね。天竜さんに樽《たる》の水を丸ごとかけたりしてしまったから……」

「二人のあいだになにがあったの!?」

昔の千代は、かなりのお転婆《てんば》だったようだ。どこから見ても上品な老婦人といった今の姿からは、想像もできない。

「天竜さんの許嫁《いいなずけ》はね、私とは比べ物にならないくらい素直だったのよ。天竜さんのことが大好きで、その好意を全力で天竜さんにぶつけて。好きだなんて口が裂けても言えなかった私じゃ、端《はな》から勝負にならなかったわね」

「おばあちゃん……」

寂しそうな目をする千代に、朱音は胸が痛んだ。千代と天竜の恋が実らなかったからこそ自分は生まれたのだけれど、複雑な思いになってしまう。

「だからね、朱音は嘘《うそ》をついては駄目」

千代が皺《しわ》だらけの手で朱音の手を握った。

「私と才人の関係は……おばあちゃんたちとは違うわ」

妻の朱音より、陽鞠《ひまり》の方が昔の千代のポジションに近い。

「そうかしら？ 自分の胸に手を当てて、よく考えてみなさい」

「考えなくても、分かりきったことだもの。私と才人は敵よ。学校でも、家でも、私のやろうとすることをジャマばっかりするのが才人で……」

千代が問いかける。

「邪魔されているって感じるのは、なぜかしらね？ どうして、朱音は才人さんを無視できないの？」

「そんなの……私が知りたいわ……」

朱音はうつむいてテーブルを見つめた。

四時限目の授業が終わり、朱音《あかね》が学食に行こうとしていると、陽鞠《ひまり》が泣きついてきた。

「あーかーねーっ！ また才人《さいと》くんにデート断られちゃったよー！」

「よしよし……陽鞠もめげないわね」

慰めながらも、陽鞠の胸に抱きすくめられているのでポジションが逆ではないかと思う朱音である。とはいえ、陽鞠の方が背丈も胸もあるから仕方ない。

「いつも勉強教えてくれてるお礼に、デート代も私が奢《おご》るって言ったのに！ 才人くんってば、つれないよね!? 据え膳食わなすぎだよね!? でもそこが好き！」

「好きなら良かったわ……」

愚痴られているのか惚気《のろけ》られているのか分からない。陽鞠は朱音の目から見ても非常に魅力的な女の子なのに、なぜ才人がなびかないのか不思議だ。

この感じだと、やはり才人の帰宅が遅くなっている原因は陽鞠ではないようだ。

——じゃあ、誰と逢《あ》っているのかしら……？

考えながら、朱音は陽鞠と共に廊下へ出ようとする。

糸青《しせい》が向こうから走ってきて、朱音にぶつかった。

「失敬」

謝罪して去っていく糸青の髪から、甘い匂いが漂う。

「この匂い……」

朱音《あかね》は足を止めた。

才人《さいと》が夜遅く帰ってきたときに、まとわりついていた匂い。ベッドの中にいても、この匂いは鼻腔《びこう》から一晩中消えなかった。

「兄《あに》くん。天気がいいから、中庭でごはん食べよ」

糸青《しせい》が才人に腕を絡ませ、小さな体を擦《す》り寄せる。

普段から親密な二人だが、今日は常に増して仲睦《なかむつ》まじい感じがした。糸青が年齢相応の容姿だったら、恋人に見えるだろう。

朱音は苛立《いらだ》ちを覚え、寄り添っている才人たちに近づいた。

才人を睨《にら》み据《す》え、言葉に険を滲《にじ》ませる。

「あんた、もしかして……」

言いかけて、朱音はためらった。

いったい、自分はなにを問いただすつもりなのか。

——最近、夜まで一緒にいるのは糸青さんなの？

だけど、それは才人の勝手だ。才人と糸青はずっと昔から一緒にいたし、朱音に止める権利はない。家族を引き裂いてまで止めたいとも思わない。

才人だって、天敵のクラスメイトがいる自宅に帰るよりは、気心の知れた妹同然の相手と過ごしたいだろう。

「ど、どうした？」「急にどうしたの？」

才人と陽鞠《ひまり》は困惑している。

糸青だけは揺らがず、あのすべてを映すビー玉のような瞳で、朱音を静かに眺めている。

きっと糸青には、朱音の感情の動きも読めているのだろう。

朱音の喉元まで出かかっている言葉が、出てこない。

嫉妬しているだなんて誤解されたくなくて。

大嫌いな天敵のことでこんなに悩んでいるのが、恥ずかしくて。

「……なんでもないわ」

朱音は才人に背を向け、足音も荒く立ち去った。


今夜もまた、朱音は独りきりのテーブルで夕食を取る。

テーブルに並んでいるのは、申し訳程度の野菜炒《いた》めと白飯。一応、栄養を取らなければいけないから自炊はしているが、やる気が出ない。

実家では家族のために料理していたし、結婚してからは才人がいたから、自分のためだけの料理がこんなにも虚《むな》しいなんて知らなかった。プロテインとカップ麺で済ませていた才人《さいと》は、同じ心境だったのだろうか。

「あのバカ……まだ帰ってこないのかしら……」

独り言が漏れ、壁掛け時計を見上げる。

もうだいぶ遅い時間なのに、才人からはなんの連絡もない。

朱音《あかね》は首を横に振る。

「って、帰ってきてほしいわけじゃないけど！　アイツがいない方が気楽だけど！　ケンカもしなくて済むし、自分の好きな映画を観《み》られるし！」

誰にともなく放った言い訳が、無音の空間に吸い込まれる。

北条家《ほうじょうけ》は大富豪だし、才人は今頃、糸青《しせい》の屋敷で豪勢なフルコースを楽しんでいるのだろう。ドレス姿の美しい糸青が膝に乗り、いちゃいちゃしながら才人に料理を食べさせてもらっているに違いない。

想像すると、朱音は無性に怒りが込み上げてくるのを感じた。

『だからね、朱音は嘘《うそ》をついては駄目』

祖母の言葉が、鼓膜に蘇《よみがえ》る。

そうだ、せめてこの怒りを才人にぶつけるくらいなら、してもいいはずだ。妬《や》いているとか、寂しいとか、そんな気持ちではないけれど、ひとこと文句を言ってやりたい。いつまでも感情を引《ひ》っ掻《か》き回《まわ》されていたら、勉強の妨げになる。

朱音はテーブルからスマートフォンを手に取り……そこで気づいた。

「連絡先、交換してないわ……」

夫婦なのに、互いの電話番号も知らない。男の子の、しかも才人の番号を尋ねるなんて恥ずかしくて、できるわけがない。

どうしたらよいのかと考え、朱音はスマートフォンのマップアプリを起動した。

糸青の屋敷は大きくて目立つから有名で、朱音もだいたいの位置は分かる。マップアプリで住所を調べ、住所から電話番号を調べる。

朱音は緊張を覚えながら、スマートフォンで糸青の屋敷に電話をかけた。

数回のコール音の後、若い女性の上品な声が聞こえてくる。

『はい、北条でございます』

「え、えっと……糸青さんのお姉さんですか？」

『使用人でございます。どちら様でしょうか？』

「糸青さんのクラスメイトの、桜森《さくらもり》朱音です。そっちに才人がお邪魔していませんか？」

『才人様なら、いらっしゃいますが……』

やっぱり、と朱音は拳を固める。

「才人に代わってもらえますか？」

『少々お待ちくださいませ』

保留のメロディが流れ始める。澄ましたバロック系のクラシック曲だ。使用人が電話に出ることといい、金持ちの家は庶民とは違う。

朱音《あかね》が落ち着かない思いで待っていると、保留音が途切れた。やっと才人《さいと》に苦言を呈することができる。朱音は深呼吸して、スマートフォンに怒鳴りつける。

「ちょっとあんた、いつまで遊んで――」

『初めまして、かしら。糸青《しせい》の母です』

「えっ……」

予想外の相手に、罵倒が宙で消える。

『あなたが才人くんの結婚相手ね。糸青やお父様から話は聞いているわ』

「は、初めまして。朱音です」

なぜ才人ではなく、彼の叔母が出てきたのだろうか。

『ごめんなさいね、今、才人くんは手が離せないの』

「少しだけでいいので、代わってもらえませんか？」

『ダメよ』

冷淡に突き放され、朱音はたじろぐ。会ったこともないはずなのに、叔母の声から敵意のようなものを感じる。

「……才人、なにしてるんですか？」

『あなたには関係ないでしょう。そのうち帰ってくるわ』

「でも……」

叔母はわざとらしくため息をつく。

『ねえ……、あなたって、無理やり結婚させられたのよね？』

「はい……」

『高校に入ったときから、才人くんとは随分仲が悪かったらしいわね。それなのにお父様のワガママに振り回されて、私もあなたには同情しているのよ』

言葉とは裏腹に、口調からはまったく同情が伝わってこない。

世界中の悪意を煮詰めたような声で、叔母がささやく。

『あなたたちの結婚は、形だけのもの。偽物の結婚なのに、どうして才人くんのことを気にするの？』

問いの答えを待つことすらなく、電話が切られる。

空々しい電子音がスピーカーから響く。

「偽物……。そう、よね……」

朱音はスマートフォンを握り締め、力なくつぶやいた。

タタタ
俺のバイト翻訳《ローカライズ》は
タタタ
高度な頭脳労働だ
兄くん
ケーキ食べさせて
髪をとかして
ふぁ…
サラ…
タイツはかせて
俺のバイトは執事だったのかもしれない

第四章 『指輪』

episode4

糸青《しせい》の部屋で、才人《さいと》は完成した翻訳データをローカライズの担当部署に送信した。

連絡に使っているのはメールではなく、社内で独自に開発されたチャットアプリだ。いくらも経《た》たずに既読がついて、社員の返信が表示される。

『誠にありがとうございます。この度は私どものプロジェクトに才人様直々のお力添えを頂き、光栄の極みです。今後も才人様のお眼鏡に適《かな》うよう邁進《まいしん》して参りますので、ますます御贔屓《ごひいき》を賜りますよう……』

アルバイトに対して送るには丁寧すぎる文章が、つらつらと並んでいる。

「無駄な情報が多すぎる。効率的にやってくれ」

才人はうんざりした。

糸青が画面を覗《のぞ》き込《こ》む。

「仕方ない。兄《あに》くんが北条《ほうじょう》グループを継いだら、みんなの生殺与奪の権を握ることになる。今のうちに媚《こ》びを売っておくのが得策」

「売ってるのがバレバレで引くんだよな……」

「シセも社員によく媚びを売られる。飴玉《あめだま》とか、そっと握らせてくれる」

「それは媚《こ》びとは違う」

実の親が支配する会社ですら愛玩動物扱いされているのはどうかと思う才人《さいと》である。

糸青《しせい》が才人の首にしがみついてくる。

「兄《あに》くん、遊んで。仕事が終わるまで、シセはいい子にして待っていた」

「了解。なにする?」

「一人神経衰弱」

未知の遊びだった。

「それは一人でやった方がいいんじゃないか」

「兄くんが一人で神経衰弱するのを、シセがおやつを食べながら鑑賞する遊び」

「普通にババ抜きでもしような」

「分かった」

糸青は才人の膝に座った。

「その位置でババ抜きをしたら勝負にならないな」

「でも兄くんとシセの親交は深まる」

「これ以上深めんでもいい」

才人は糸青を抱き上げ、対面してクッションに座らせる。

たかがトランプと侮ってはいけない。

糸青の驚異的な演算能力をもって繰り出されるカードは、高度な策略に満ちており、その辺のゲームとは比べ物にならないくらいスリリングなのだ。

気がついたときにはゴミのような札ばかり掴《つか》まされているのが逆に痛快で、幼少期から才人は糸青との真剣勝負が大好きだった。

二人がトランプをしていると、麗子《れいこ》が部屋にやって来た。

「お疲れさま。担当者から納品完了の報告が入ったわ。これ、バイト代よ」

分厚い封筒を差し出され、才人は驚く。

「検品《チェック》とか、しなくていいのか？」

麗子は小さく笑う。

「才人くんがミスなんてするのかしら？」

「できる限り潰したはずだが」

「でしょう？　才人くんに見つけられないミスなら、うちの子たちにも見つけられるわけがないわ。私は別だけど」

「それはどうも。ありがとう」

才人は封筒を学生鞄《かばん》にしまい込む。北条《ほうじょう》家の中でもミスを発見することに特化した才能を持つ麗子だが、社長自ら製品をチェックする時間はないのだろう。

「ディナーは食べていくわよね？」

当然といったふうに麗子《れいこ》が尋ねた。

才人《さいと》は机の時計に目をやる。今なら、店にもぎりぎり間に合いそうだ。せっかくバイト代をもらったのだから、売り切れないうちに指輪を買っておきたい。

「いや、今日は早めに帰るよ。そろそろ家が戦場になりそうなんだ」

「ここに来ているってこと、あの子には話しているの？」

あの子とは、朱音《あかね》のことだろう。なぜか麗子はあまり朱音の名前を呼びたがらない。

「秘密にしている」

「ふうん……じゃあ、どうやって……」

麗子はなにやら考え込んでいる。

「しょうがないわね、今日は帰してあげる。その代わり、また近いうちにごはんを食べに来なさい」

「ああ、またすぐに来るよ。叔母さんには、いつも感謝してる」

「なによ、今さら。私はいつでも、才人くんの幸せを願っているわ」

麗子は才人を抱き寄せ、優しく頭を撫《な》でる。

息子を疎んじる両親に代わって才人の世話を焼いてくれているのは、昔から叔母の麗子だ。糸青《しせい》や麗子が待つこの屋敷があったからこそ、才人は寒々とした実家に堪えられた。

玄関を出ると、メイド運転手が車を持ってきていた。

糸青が才人に手を差し出す。

「兄《あに》くん、がんばって」

「おう」

才人は糸青の手を軽く叩《たた》き、車に乗り込んだ。

商店街の近くで降ろしてもらい、ジュエリーショップに向かう。不安を覚えながらショーケースを探すと、お目当ての指輪はまだ残っていた。

才人は一安心して、店員を呼ぶ。

「すみません、この指輪が欲しいんですが」

「彼女さんへのプレゼントですかあっ!?」

店員が意気揚々と迫ってきた。

才人はたじろぐ。

「い、いや、彼女ではないです」

「お姉様か、お母様へのプレゼントですか？」

「姉でも母でもないです……」

嫁へのプレゼントだなんて、正直に話すわけにもいかない。

首を傾《かし》げる店員だが、そこはプロ。素早く切り替えて商売を進める。

「かしこまりました。指のサイズはおいくつでしょうか？」

「サイズ……!?」

ぎょっとする才人《さいと》。まったく考えていなかった。指輪を買うなど初めてで、代金を揃《そろ》えるだけで頭がいっぱいだったのだ。嫌な汗が噴き出す。

朱音《あかね》の指はかなり細かったはずだ。

「Sで……」

「こちらの指輪ですと、五号から十号までございますが……」

「くっ……」

申し訳なさそうな顔で、『指輪も買ったことのない童貞の相手は大変だ』みたいなことを言われた。才人は即座に撤退したい衝動に駆られる。

——朱音のサイズを測ってくるか……？　でも、そんなことをしたらサプライズにならないし……。さりげなくサイズを尋ねても勘付かれそうだし……。

寝ているときにこっそり測るという手もあるが、もし途中で朱音が起きたらセクハラ扱いされて殺される。

才人が悩んでいると、店員が微笑《ほほえ》んだ。

「大丈夫ですよ、もしサイズが合わない場合は、お直しや交換も可能ですので」

慈悲をかけられている感じがして、才人のプライドが軽く傷つく。

「サイズの見本とかありますか？　見れば分かります」

「ベテランさんでないと、目でサイズを見分けるのは難しいと思いますが」

「お願いします」

強めに頼んで、指輪の見本をショーケースの上に出してもらった。

並んでいるサイズ違いの見本を凝視しながら、才人は記憶の中から朱音の指のイメージを呼び覚ます。

朱音が料理をしているときの情景を、写真のように細かく脳裏に描き出す。朱音が持っている包丁や菜箸などの大きさと比較して、指のサイズを特定していく。

これだ。きっと間違いない。

「……五号で」

「かしこまりました」

店員は五号の指輪を包み始める。化粧箱に入れ、丁寧にリボンをかけてくれる。

「無料でメッセージカードもおつけできます。『Ｅｔｅｒｎａｌ Ｌｏｖｅ』と『愛する貴方《あなた》へ』の二種類がありますが、どちらになさいますか？」

「どちらも要りません！」

「カードがついていると、彼女さんもぐっと来ると思いますよ？ 愛情はしっかり伝えるのが一番です」

「彼女じゃないですから！」

そして愛情などという甘ったるいモノもない。

店名のデザインされた紙袋を提げ、才人《さいと》はジュエリーショップを出た。

最初の難関は突破したが、まだ試練が残っている。朱音《あかね》に指輪を渡すという大仕事だ。

どうやったら自然に渡すことができるのか、才人は悩みながら帰っていく。

玄関に入るなり、家の空気が張り詰めていることに気づいた。

リビングに至る廊下に、朱音が立ち塞がっている。

仁王立ちした姿は、五条大橋《ごじょうおおはし》で刀狩りをする武蔵坊弁慶《むさしぼうべんけい》。

まなじりと口角の吊《つ》り上《あ》がった形相は、怨嗟《えんさ》の権化たる般若《はんにゃ》。

——死!?

才人は生命保険に入っておけばよかったと後悔した。しかし生命保険に頼ったところで本人が生命の危機から救われるわけではないので無意味だった。

地獄の底から響くような声が、朱音の喉から漏れる。

「あんたさぁ……なんで、電話にも出ないの……？」

「電話……？　なんの話だ……？」

「しらばっくれないで！　手が離せないとか言って、ホントは糸青《しせい》さんとイチャイチャしていたかっただけなんでしょ!?　えっちなことしてる最中だったんでしょ————!?」

「ええっと……」

才人はわけが分からなかった。

だが、涙目で怒鳴る朱音の剣幕《けんまく》から、返答をわずかでも間違ったら取り返しのつかないことになる予感はした。

「どうして、シセの家にいたと知っている？」

「ちょーのーりょくよ！」

「超能力か……」

多分違うと思うが、そこを否定したら火に油を注ぎそうだ。

朱音が才人を睨《にら》み上げる。

「そんなに糸青さんのことが好きなら、糸青さんと結婚したらいいでしょ!? そうすれば、どっちが家を継いでも会社が手に入るわ！」

「なにか誤解があるようだが、俺とシセはそういう関係ではない！」

「帰りたくないなら、もう帰ってこなくていいわ！ 私が一人で住む！ 食費も半額だから、老後の貯金がしっかりできるわ！」

地団駄を踏む朱音。もはやヤケクソである。

よっぽど家に一人で放置されたのが寂しかったのか。

いや、朱音に限ってそんな可愛《かわい》らしい理由はないだろうと、才人は考え直す。

こうなったら、事情を隠し続けるのは得策ではない。すべて打ち明けて理解してもらった方が、傷が浅くて済むだろう。

才人《さいと》は指輪の箱が入った学生鞄《かばん》を開けようとして、手を止める。

——指輪を、渡すのか……？　俺が、朱音《あかね》に……？

今さらながらに緊張してくる。

よく考えていなかったが、男が女に指輪をプレゼントするというのは、結構重大なことではないのか。深い意味があると勘違いされてしまうかもしれない。

才人はためらった。

けれど……、ここで引き返すわけにもいかない。

朱音と平和に暮らしたい。怒った顔ではなく、彼女の笑顔をずっと見ていたい。

そう感じたのは、本心なのだ。その気持ちを大事にしたい。

才人は荒立つ鼓動を抑えながら、小箱を差し出す。

「お前に、プレゼントだ」

「え……？」

朱音はきょとんとした。

「ば、ばくだん……？」

「爆弾じゃないから、開けてみてくれ」

「え、ええ……」

恐る恐る箱を開くと、金色に輝く指輪が現れる。

「これ……私がお店で見てた……」

「それを買うため、叔母さんに頼んで翻訳のバイトをしていた。シセの屋敷で作業をするのが条件だったから、帰りが遅くなっていた。すまん」

「え……ええええ……？ な、なんで……？ どうゆうこと……？」

指輪を見つめる朱音は、混乱しきっている。完全に予想外だったのだろう。

朱音は指輪を胸元に握り締め、脱兎《だつと》のごとくリビングに駆け込む。

──やっぱり、ドン引きされたか……？

渾身《こんしん》の和平交渉は失敗だった。

才人が脱力感を覚えていると、すぐに朱音が戻ってきた。

リビングのドアの端から、真っ赤な顔だけを覗《のぞ》かせる。

恥ずかしさで爆発してしまいそうな様子で、絞り出すように告げる。

「あっ、あっ、ありがと!!」

今度こそ限界に達したらしく、朱音は悲鳴を漏らして逃げていった。

──これは……成功、なのか……？

分からないけれど、才人の頬《ほお》も熱い。

朝の陽光が才人《さいと》のまぶたを照らしている。

ここのところ珍しく根を詰めて作業をしていたせいで、疲れていたのだろう。まとわりつく睡魔の沼に再び沈みそうになった才人は、なにやら隣に気配を感じた。

重いまぶたをこじ開けてみれば、寝間着姿の朱音《あかね》が妙にそわそわしている。

お行儀良くベッドに正座し、瞳をきらめかせて才人の方を見ている。

「……どうした？」

「ん！」

才人が身を起こすと、朱音は右手を開いて差し出す。

その薬指にはプレゼントの指輪がはめられ、涼やかな光を放っている。サイズはぴったり合っていて、才人は安堵《あんど》した。

「ど、どう……？　似合う……？」

朱音は照れくさそうに尋ねた。

「ああ、似合ってるぞ」

「えへへ……」

朝陽《あさひ》に溶けるような笑顔に、才人の疲れが消え去る。

自分は、この笑顔が見たかったのだ。笑っているときの朱音の隣にいるのは、まったく苦痛ではない。

朱音は膝の上で右手を握り、もじもじと脚を動かす。

「なんで、私に指輪くれたの？」

「えっと……その、なんというか……和睦の証《あかし》だ」

「わぼくのあかし……」

「なるべく平和に、二人で楽しくやっていこうという」

才人は居たたまれない思いになった。他意はないのだけれど、こういう感情をストレートに表現するのは羞恥心を掻《か》き立《た》てる。

「私と、仲良くしたいの？」

「できれば……」

「そ、そう……」

朱音は恥ずかしそうに目をそらす。

爽やかな朝とはかけ離れた、甘さで息苦しくなるような空気が、寝室に満ちている。朱音との距離も普段より近くて、彼女の甘い熱気が漂ってくる。

朱音がベッドから滑り降り、素足で床を踏んだ。

薄い寝間着の背中で、才人に尋ねる。

「今日も、夜遅いの？」

「いや、もうバイトは終わった。いつも通りの時間に帰る」

叔母からはもっと働いてほしいと言われているが、そんなにお金をもらっても才人《さいと》には使うあてもない。普段買っているのは本とゲームくらいで、特に浪費癖もない。

「じゃあ、おいしい夜ごはん、作るわね」

朱音《あかね》は耳たぶを朱に染めて、寝室から出て行った。


帰宅した朱音は、すぐ自分の勉強部屋に引っ込んだ。

机の引き出しから小箱を取り出し、椅子に腰掛ける。

浮き浮きしながら、右手の薬指に指輪を通す。

昨夜は混乱していてまともに指輪を見られなかったし、朝は忙しかったから、ゆっくり鑑賞する時間が待ち遠しくて仕方なかった。

しっとりとした艶のあるリングを指の腹で撫《な》でると、なめらかな感触がくすぐったい。

ロマンチックなハート形の宝石を窓にかざせば、赤い光が眩《まばゆ》く揺れる。

「すごく綺麗《きれい》……」

朱音はうっとりとささやいた。

男の子からプレゼントをもらったのなんて初めてで。

相手がよりにもよって、クラスの大嫌いな男子だなんて。

だけど才人からのプレゼントは、嫌じゃなかった。

自分のために才人が頑張ってくれたのが、よく伝わってきて。

それなのに帰りが遅いと怒っていた自分が申し訳なくて。

サプライズを演出しようと必死に秘密を隠し通していた才人が、ちょっと可愛《かわい》いと思ってしまって。

指輪を眺めているだけで、不思議と頬《ほお》が緩んでしまう。

リビングでは、遊びに来た糸青《しせい》と才人がゲームをしているようだが、二人の様子も気にならない。才人が留守を重ねていたときと違って、広い心で受け入れることができる。落ち着いて考えてみれば、兄妹《きょうだい》が仲良くするのは素敵なことなのだ。

朱音は写真を残しておこうと、スマートフォンのカメラを構えた。

指輪を撮ったことはないから、どのアングルで写したら見栄えがするのか分からない。

壁を背景にしてみたり、ハンカチを敷いてみたりと、試行錯誤する。

「今日の夕飯って、なんだ？」

「きゃー!?」

急に才人が入り口のドアを開け、朱音は肩を跳ねさせた。大慌てでスマートフォンと手を太股《ふともも》の下に隠す。

「の、覗《のぞ》かないで変態！」

「何度かノックはしたんだが……」

「嘘《うそ》よ！　これは不法侵入よ！」

「なにか夢中でやってたから、聞こえなかったんじゃないか？」

「夢中なんかじゃないわー！」

絶対に勘付かれてはいけない。才人《さいと》にもらったプレゼントにはしゃいで、その撮影に気を取られていたなどということは。

知られたが最後、才人は今までに増して上から目線になるだろう。餌を与えておけば言うことを聞くペットのように扱い始めるかもしれない。それは許せない。

「なにしてたんだ？」

「なにもしてないわ！　早く出てって！」

朱音《あかね》は手近のぬいぐるみをぶん投げた。

直撃する前に、才人はドアを閉じて退散する。

安堵《あんど》する朱音。太股《ふともも》の下からスマートフォンを取り出そうとして、足下に糸青《しせい》が座り込んでいるのが目に入る。

「し、糸青さん……？」

あいかわらず神出鬼没な子だ。気配を消す特技でも持っているのか、単純に小さすぎて死角に潜り込みやすいのか。

糸青は朱音の右手をじーっと見ている。

「その指輪、兄《あに》くんに買ってもらったの？ きれい」

朱音は口元をほころばせる。

「そ、そうでしょ？ お店で見かけて、一目惚《ひとめぼ》れしちゃったのよね」

「つまり、兄くんとデートに行ったときに見かけたと」

「デートじゃないわ！ 遊びに行っただけよ！」

「二人で？」

「ま、まあ……二人だけど」

たいして深い意味はないのに、改まって言葉にされると気恥ずかしい。

「へメコプテルウス星人と二人で？」

「誰よそれ！ 宇宙人の知り合いはいないわよ！ 才人と二人よ！」

「恋人みたいな発言」

「恋人じゃないわー！」

朱音は酸欠になって息を整えた。平常心になれと自分に言い聞かせるものの、指輪の写真を撮ろうとしていた時点で平常心ではない。

「シセも兄くんと遊びに行きたい。今度は三人がいい」

糸青《しせい》が子供のように無邪気にねだってくる。

「別にいいわよ。二人で行くより気楽だし」

「やった。その指輪もほしい」

「それはダメよ！」

とんでもないおねだりまでされて、朱音《あかね》はぎょっとした。

「なんで？」

「なんででも！」

「兄《あに》くんからもらった指輪だから？」

小首を傾《かし》げる糸青。

「そ、そういうのじゃないけど！　お気に入りの指輪だから！」

「じゃあ、シセが同じのを買ってくる」

「そっちを糸青さんがつければいいでしょ!?」

「朱音は兄くんのプレゼントの方をつけたいから？」

糸青が朱音の膝に両手を乗せ、身を乗り出して訊《き》いてくる。

くりくりっとした瞳が愛くるしいが、明らかにからかわれている。小動物のような外見をしていても、やはりこの子は才人《さいと》の妹、食えない少女だ。

「と、とにかくダメ！　ダメなものはダメなの！」

朱音は全身が燃え盛るのを感じながら、必死に糸青を押《お》し退《の》けた。


近頃、嫁の機嫌が良い。

起床した才人の耳に、キッチンの方から朱音の鼻歌が聞こえてくる。

リズミカルに包丁を使う音、軽やかに駆け回る足音。それだけで朱音が楽しそうに料理をしているのが伝わってくる。

才人がオープンキッチンに入ると、朱音が振り返った。

きっちりと髪をセットし、制服にエプロン姿で、こぼれるような笑みを広げる。

「おはよ、才人。もうすぐ、朝ごはんできるからね♪」

「お、おはよう」

あまりにも朱音が上機嫌すぎて、才人は戸惑う。

指輪のプレゼントの効果は凄《すさ》まじい。頑張ってバイトをした甲斐《かい》はあったけれど、反動が出たら壮絶な戦場になるのではと警戒してしまう。

「はい、どーぞ！　今日のスペシャルモーニングよ！　めしあがれ♪」

朱音が朗らかに両腕を広げて勧める。

テーブルで湯気を上げているのは、百科事典のような貫禄《かんろく》の厚切りステーキ。

「朝からステーキとは……」

才人《さいと》は恐れをなした。

「あんた、ステーキ大好物でしょ?」

「大好物……では……あるが……、重くないか?」

「確かに重かったわね。フライパンを持ち上げるのが大変だったわ」

「重量もそうだが、胃に……」

「食べないの……?」

朱音《あかね》の肩が震え始める。

——やばい!

爆発の予兆に、才人は危機感を覚えた。

すぐさまフォークでステーキを突き刺し、丸ごと頬張《ほおば》る。

「い、いやー、うまい! フテーキというヤフは、朝っぱらから食べふぇもうまいなああ あ!」

口の中を占領されてまともに発音もできないサイズだが、退《ひ》くわけにはいかない。世界平和より家庭内平和が第一、命を懸けても守らねばならないのだ。

「才人が食べてる〜。わーい」

頬杖《ほおづえ》を突いてにこにこしている朱音は、完全にお花畑だ。ノリは珍獣の餌やりショーを眺める三歳児。わーい、などという可愛《かわい》らしい言葉が朱音から出てきているのが、異常事態にも程がある。

才人はなんとかステーキを胃袋に詰め込み、おかわりを用意されないうちにキッチンから退散した。

プレゼントに感謝してくれるのは嬉《うれ》しいが、朝からステーキを何キロも強制咀嚼《そしやく》させられたら命に関わる。脳がぽけぽけになったときの朱音は、怒ったときの朱音よりも危険かもしれない。

才人は制服に着替え、朱音とはタイミングをずらして登校した。

3年A組の教室に入った途端、危うく声を漏らしそうになる。

朱音が、指輪をつけたまま席に座っていた。

——外し忘れてるのか⁉

才人は肝を冷やした。

普通の指輪なら問題ないが、あの指輪は高校生がつけるにしては高価なもの。クラスメイトに見つかれば、「誰からもらったの〜？」などと騒がれるだろう。慌てた朱音はボロを出してしまうに決まっている。

幸い、朱音の周りにはまだ他の生徒はいなかった。勘の鋭い陽鞠《ひまり》がやって来たときが運の尽きだ。今のうちに警告しておこうと、才人は朱音に近づいて声を潜める。

「おっはよー！　朱音《あかね》！　才人《さいと》くんっ！」

後ろから元気な挨拶が響き渡り、才人はぎょっとした。反射で朱音の右手を鷲掴《わしづか》みにし、指輪を覆い隠してしまう。

「な、なに!?　急に触らないで！　変態！　セクハラスト！」

「セクハラストってなんだ！」

真っ赤になって手を振りほどこうとする朱音、飽くまで放さない才人。

クラスメイトたちがざわつく。

「才人くんと朱音ちゃんがセクハラごっこやってる……」「夫婦《めおと》漫才がネクストステージに……」「いいぞ、もっとやれ！」「あれはもうデキてるでしょー」

「デキてないわ！」

朱音は全力で否定するが、クラスメイトたちは興味津々だ。ここまで注目されていたら、才人はなにがなんでも指輪を隠し続けるしかない。

陽鞠《ひまり》が眉をひそめる。

「そういうことは、無理やりやっちゃダメだと思うよ？」

「陽鞠！　コイツをなんとかして！　ぼこぼこにして！」

「えー？　才人くんをボコボコにするのはやだなぁ」

「おい……その指」

「私が公衆の面前で穢《けが》されてしまってもいいの!?」

「そんなことはしねえ！」

悪意はないのに悪役にされた才人は、世の無情を呪う。スマートフォンを構えている生徒もいて、一挙一動にミスが許されない。

「んー、じゃー、このぐらいなら。うりゃ」

陽鞠が才人の背中に抱きついた。

「……っ!?」

身をこわばらせる才人。背中に陽鞠の胸が押しつけられている。ブラはしているはずなのに、確かな弾力感が伝わってくる。

「んしょ、んしょっ」

陽鞠は才人にしがみついたまま、実力行使で才人を朱音から引《ひ》き剥《は》がそうとする。その吐息が才人の耳をくすぐり、全身の密着感が血液を沸騰させる。

糸青《しせい》が才人を冷めた瞳で観察する。

「美少女に抱きつかれながら、他の美少女の手を握るとは……兄《あに》くんは贅沢《ぜいたく》」

「好きでやってるわけじゃない！」

男子生徒の視線が「興味」から「殺意」に豹変《ひょうへん》している今、才人の命は風前の灯火《ともしび》だ。

モデル級の美少女として有名な朱音だけならまだしも、クラスの人気者である陽鞠が絡んだら、男子たちが才人《さいと》を敵視するのも無理はない。

「シセも参加する」

今度は糸青《しせい》が才人のお腹《なか》にしがみついてきた。

「状況を悪化させるな――――!!」

糸青のファンか下僕か飼い主か分からない女子生徒たちの殺意が加わり、才人は暗黒の波動によって吹き飛ばされそうになる。

逆風。世間の荒波。断末魔。

そういったものが一瞬で頭を駆け巡り、才人は渾身《こんしん》の力で陽鞠《ひまり》と糸青の抱擁から脱出した。朱音《あかね》の手を掴《つか》んだまま、教室を飛び出す。

「放して！　はーなーしーてー！」

未《いま》だに抵抗している朱音を引きずり、パパラッチたちの追跡をかわして、渡り廊下に逃走する。人通りのない建物の陰にやって来て、足を止める。

わななく朱音。

「こ、こんなところに私を連れて来て……ヤ、ヤキを入れるつもり!?」

発想の治安が悪かった。

才人は周囲の気配を窺《うかが》いながらささやく。

「指輪」

「ゆびわ……？」

才人の言葉に、朱音はきょとんと首を傾《かし》げる。

「学校にまで、指輪をつけてくるな」

「あっ」

ようやく気がつき、大急ぎで指輪を外した。

「大事にしてくれているのはありがたいが、みんなに見られると困るぞ」

「だ、大事になんてしてないわ！　どうでも良すぎて忘れていただけよ！」

朱音は赤い顔で肩をそびやかす。

「どうでもいいか……」

ちょっと哀《かな》しい気持ちになる才人。

「ええ！　水や空気と同じくらい、どうでもいいわ！」

「どっちも生きるために絶対必要なものだが」

「ちょ、調子に乗らないで！　そんなんじゃないわ！　私は水も空気もなくても生きられるわ！」

「それはすごいな……」

もはや炭素生命体の域を超えている。

「指輪、鞄《かばん》にしまっておいた方がいい」

「言われなくても分かってるわ。なくさないよう、しっかりポーチに入れてから、鞄《かばん》にしまっておくわ」

なんだかんだで、結構大事にしてくれているようだった。


帰宅した朱音《あかね》は、自分の勉強部屋で学生鞄を開いた。

学校にいるあいだは外しておいたが、クラスメイトに会わない自宅ではつけておきたい。

あの指輪をはめていれば、才人《さいと》とのケンカが減る気がする。魔法の力でもこもっているのか、少しだけ優しい気持ちになれるのだ。

朱音は学生鞄に手を入れ、指輪を収納しておいたポーチを取り出そうとする。

「…………あら？」

ポーチがない。

奥に潜り込んでしまったのかと思い、手を突っ込んで探るが、見つからない。

嫌な予感がして、学生鞄の中身をすべて取り出す。ポーチはない。

鞄を逆さに振ってみても、なにも出てこない。

「指輪……確かにここに入れておいたのに……。ポーチごとなくなってる……」

朱音は血の気が引くのを感じた。

──なんで？　なんで？　どこかで落としたの？

学生鞄の空洞に呑《の》み込《こ》まれそうな脱力感。

足元がぐらつき、机に手を突いて体を支える。

わずかな期待にすがって部屋の中を調べるが、机の下にも、本棚の裏にも、どこにもない。階段から玄関まで行ってみても、落ちていない。

──せっかく買ってもらったのに……。才人のプレゼントなのに……。

朱音はリビングで頭を抱えた。

浮ついた気分から一転、臓腑《ぞうふ》が沈み込むほどの冷気に震える。もしこのことが才人に知れたら、朱音は合わせる顔がない。

「どうかしたか？」

才人がリビングを覗《のぞ》き込《こ》んだ。

朱音は心臓が止まる思いがする。

「な、なんでもないわっ！」

「なんでもないことないだろ。顔が真っ青だぞ」

訝《いぶか》しげに指摘され、手で顔を隠す。

「体調が悪いだけ！」

「だったら、早めに寝た方がいい。今日の夕飯は俺が作るから」

こんなときに限って優しい才人《さいと》の言葉が、余計に罪悪感で朱音《あかね》を串刺しにする。

朱音は拳を握り締め、渾身《こんしん》の力で怒鳴る。

「本当になんでもないって言ってるでしょ！　あんたにはまったく関係ないんだから、ほっといて！　私に干渉しないで！」

「そ、そうか……悪かった」

才人は幾分傷ついた様子で引き下がる。

「ちょっと出かけてくる！」

朱音は才人の隣を抜け、家から飛び出した。

みじめな気持ちだった。

悪いのは自分なのに、才人にひどいことを言ってしまって。才人は助けようとしてくれたのに、差し伸べられた手を振り払ってしまって。

——でも、指輪をなくしたなんて言えない……！

朱音は唇を噛《か》んで、住宅街を走る。

通学路をさかのぼり、道にポーチが落ちていないか捜す。ポーチだけならネコババされることはないだろうが、指輪は分からない。悪意のある人に拾われるより先に、取り戻さなければいけない。

学校に着いた朱音は、息切れして床にへたり込んだ。

玄関から廊下、教室まで戻り、くまなく捜す。自分の机の引き出しに手を突っ込んでまさぐるが、なにも見つからない。

教室の前を、女子生徒のグループが笑いながら歩いている。

朱音は自分が笑われているような気がしてしまう。

――あの子たちが盗《と》ったのかしら……。

疑念が湧き起こるが、すぐに首を振って考え直す。

小学校時代ならまだしも、高校では朱音はいじめの標的になっていない。クラスメイトに好かれているわけではないが、別に恨まれるようなこともしていないはずだ。

朱音は職員室に行って、落とし物が届いていないかと尋ねた。遺失物の保管箱を引っ繰り返して調べても、朱音のポーチは見つからない。

校内は諦め、近くの交番に駆け込むが、ポーチは届いていない。

スマートフォンであちこちの交番の電話番号を調べてかけまくるが、どこにもない。

まるでこの世界から、完全にあの指輪が消えてしまったかのように。

それと同時に、才人が指輪をプレゼントしてくれたという事実まで消え去ったように思えてしまう。

――私、どうしたらいいの……？

朱音は途方に暮れて、夕暮れの街をさまよった。

こっそりアルバイトをして、買い直すしかないのだろうか。そんなことも考えて、コンビニの壁に貼り出されている求人ポスターをぼんやりと眺める。

時給千円。放課後に毎日アルバイトを入れたとして、指輪の金額が貯《た》まるのに何十日かかるだろうか。それまで才人《さいと》に気づかれずに済むだろうか。

思い悩む朱音《あかね》に、見知らぬ男が近づいてきた。

「ねえねえキミ、バイト探してるの？」

耳や唇に大量のピアスをつけ、長い髪を金色に染めた、うさんくさい風体。陽鞠《ひまり》の金髪はお日様みたいに綺麗《きれい》だけど、この男の金髪は泥を塗りたくったように不自然だ。

初対面なのに、男は馴《な》れ馴《な》れしく距離を詰めてくる。

「オススメのバイトあるんだけど、やってみない？」

「どんなバイト……ですか……？」

朱音は警戒して後じさった。

「あっ、怖がらないで！　全然ダイジョーブだから！　マジ安心安全なバイトだから！　ちょーっとオジサンたちとおしゃべりしたり、写真撮ってもらったりするだけのオシゴト！　キミみたいに可愛《かわい》い子なら、百万くらいすぐに稼げるから！」

男はニタニタと笑いながら、朱音の肩を掴《つか》もうとしてくる。いつの間にか、壁際まで追い詰められている。

「……ッ!」

朱音は男の腹に蹴りを叩《たた》き込《こ》んだ。

「ぐえっ!? なにしやがる! ブチ犯して売り飛ばすぞクソ女あっ!!」

男が怯《ひる》んだ隙に、全速力でその場から逃げ出す。

呼吸困難になるほど走り、交番の近くまで避難してから、うずくまって息を整えた。すべてが敵になった感じがして、涙が出そうになる。

——やっぱり、買い直すのじゃ、ダメ……。

あれは才人がくれた、世界に一つだけの指輪なのだ。

才人が朱音と仲良くなりたいと願って、ガラにもなく勉強なんかして、頑張って翻訳の仕事をして、買ってくれた。

留守の理由を朱音が勘違いして責めているあいだも、才人はサプライズをするために沈黙を保っていた。

それぐらい、あのプレゼントにはいろんなモノがこもっている。

たとえ形だけ同じ指輪を手に入れたとしても、決して同じではない。

——なにがなんでも、見つけないと。才人に気づかれる前に。

朱音は奥歯を噛《か》み締《し》めた。

今日もまた、朱音《あかね》はハートの指輪を捜している。

放課後の自主学習をする余裕もない。テストの点数が落ちて才人《さいと》に惨敗するかもしれないが、今回ばかりは優先しなければいけないことがある。

通学路を何度も巡回し、物陰の一つ、草薮《くさやぶ》の一つも見逃すまいと、徹底的に確かめる。交番には毎日電話しているし、商店街の人たちに聞き込みもした。

だが、ポーチはまるで見つかる気配がない。

朱音は公園のベンチに腰を下ろし、ため息をつく。

「はあ……」

「ふう……」

隣からもため息が聞こえたので見やれば、糸青《しせい》がベンチに座っていた。パンの袋らしきものを、ぺろぺろと舐《な》めている。

「し、糸青さん……？　なにをしているの……？」

「ため息の練習」

「そう……」

朱音は詳しく話を聞く気力もない。

「うそ。朱音が困ってるみたいだから、どうしたのかと思ってついてきた」

「別に……困ってはいないわ」

糸青に事情を明かせば、才人にも伝わってしまうだろう。

朱音が立ち上がろうとすると、糸青が告げる。

「心配無用。兄《あに》くんには教えない」

「どうして才人に教えちゃいけないって知ってるの!?」

愕然《がくぜん》とする朱音。小首を傾《かし》げる糸青。

「シセの深遠にして崇高な思考の過程を聞きたい？　常人は処理の負荷に耐えられず、精神が崩壊してしまうかもしれないけど」

「いえ……遠慮しておくわ」

朱音は精神を崩壊させたくなかった。ただでさえ才人の勉強法を見て、北条《ほうじよう》家の人間は異常だと痛感していたのだ。

糸青が朱音の右手を引き寄せた。指輪のない薬指を見つめる。

「……なくした？」

「……！」

朱音は身をこわばらせる。

「な、なくしてなんかないわ。そんないつもつけるほど気に入ってないし」

「朱音は気に入ってた。学校にまでつけてきたから、兄くんが必死に隠そうとしてた」

「う……。そこまで、気づいてたの……？」

糸青《しせい》の洞察力に畏怖する。この少女の外見は高校生からかけ離れているが、中身も逆の方向でかけ離れているのかもしれない。

糸青がベンチから飛び降りる。

「シセも、捜すの手伝う」

「え……どうして……？」

自分は才人《さいと》と糸青の時間を邪魔しようとしていたのに。

「朱音《あかね》は、おいしいごはんを食べさせてくれるから、いい人。悲しんでほしくない」

「ごはんだけでいい人っていうのは、安直すぎないかしら」

精神年齢が高いのか低いのか、よく分からない。他の人間と同じ物差しで糸青を測ろうとするのが間違いなのかもしれない。

「指輪が見つからないと、兄《あに》くんの家はまた戦争になる。シセは兄くんに平和に暮らしてほしい」

「糸青さんは、才人のことが本当に好きなのね」

「好き。シセは、兄くんのことが、本当に大好き」

糸青は腰の後ろに手を組み、長い髪をきらめかせながら、真《ま》っ直《す》ぐに告げた。普段より表情が緩み、微《かす》かに笑っているようにすら見える。

羨ましいな、と朱音《あかね》は感じてしまう。糸青《しせい》の素直さ、可愛《かわい》らしさ、ためらいなく一人の人を愛せる強さに、羨望する。

クラスメイトたちに糸青が大人気なのは、きっと容姿のみが理由ではない。声にも顔にも出ないけれど、この子は誰よりも情の深い少女なのだ。

朱音と糸青は、二人で指輪を捜し始めた。

指輪をポーチにしまった3年A組の教室から、改めてしらみつぶしに調べていく。教室のゴミ箱、掃除用具入れ、ベランダなど、朱音が思いつかなかった場所まで糸青が入念に確認する。綺麗《きれい》な髪が汚れるのを気にもしていない。小柄な体を活《い》かし、校庭の植え込みの奥までどんどん潜り込んでいく。

それでも、ポーチは見つからなかった。

日が落ちてきて、夕風の薄ら寒さに糸青が身をすくめる。街は夜の匂いを色濃く漂わせていた。こんな時間に小さな子を連れ回しているのが、朱音は申し訳なくなる。

そもそも、糸青の厚意に甘えるのは筋違いなのだ。

糸青だって、あの指輪を欲しがっていた。いや、兄のことを全身全霊で慕っている糸青の方が、朱音より指輪を望んでいるだろう。糸青だったら絶対に才人《さいと》のプレゼントをなくしたりせず、心の底から大切にするはずだ。

なのに、糸青は朱音の失敗に付き合ってくれて。自分の感情を二の次にしてまで、才人と朱音の生活を平穏なものにしようとしてくれている。

これ以上、甘えてはいけない。そんなの、糸青も朱音も苦しすぎる。

朱音は薄闇の中で立ち止まった。

「……ごめんなさい。もう、いいわ」

「いい？　指輪、諦めるの？」

糸青は目を瞬《しばたた》いた。

「指輪は諦めない。だけど、もう糸青さんに迷惑はかけられない。私一人で捜すわ」

「一人で悩むのは、朱音の悪い癖」

「これは私の責任だもの。私が、ちゃんと自分で見つけないといけないの」

朱音は手を握り締めた。

そう、すべて、自分が悪いのだ。初めて指輪なんてものをもらって、浮かれてしまって。込められた想《おも》いも無駄にして、迂闊《うかつ》な行動のせいで踏みにじって。

もっと、気をつけるべきだった。

もっと、大事にするべきだった。

もっと、もっと……。

罪悪感と後悔に、愚かな身を灼《や》かれていく。

「兄《あに》くんに相談してみたら？　兄くんは頼もしいから、なんでも解決してくれる」

「それだけはダメ！」

朱音《あかね》は全力で首を振った。

才人《さいと》に知られたら、本当に最後だ。大嫌いなクラスメイト同士で結婚して、お互い必死に譲歩し合って、やっと少しは穏やかに暮らせるようになってきたのに。

今度こそ才人は朱音に愛想を尽かし、二人の関係は決定的に破壊されるだろう。

そうなっても、昔は平気だったはずなのに……今は、それがたまらなく怖い。


才人は冷蔵庫から作り置きのカレーを取り出し、皿によそってテーブルに置いた。温めた方が美味《お》しいのだろうけど、一人きりの夕飯では手間をかける気も起きない。テレビのニュースを流しながら、もそもそとカレーを食べる。

最近、朱音の帰りが遅い。

普段はさっさと帰って自主学習に励むのに、ここのところ勉強もおろそかになっているようだ。理由を問いただしても、「あんたには関係ないわ」の一言で逃げられてしまう。

あのクソ真面目な朱音に限って、夜遊びということはないだろう。外で勉強することにしたのか、それともまた誰かにケンカを売って面倒に巻き込まれているのか、と想像が膨らんでいく。

――アイツがいない方が、気楽なはずなんだがな……。

だというのに、このしっくりこない感覚はいったいなんなのだろうか。いつも近くにいる顔が見えないだけで、家から灯《ひ》が消えたように感じる。

才人が糸青《しせい》の屋敷に通《かよ》って留守にしていたあいだ、朱音が苛々《いらいら》していた気持ちがなんとなく分かった。せめてアルバイトをしていることぐらい、事情を話しておくべきだったのかもしれない。

考え事をしていたせいか、才人はスプーンを強く噛《か》んでしまった。口に広がる、鈍い痛み。才人はスプーンをカレーの皿に置いて、ため息をつく。

そのとき、玄関の扉が開く音がした。

「やっと帰ってきたか。毎日遅くまでなにしてるんだ？」

才人はリビングから廊下に出る。

家に入ってきたのは朱音ではなく、糸青だった。靴を無造作に脱ぎ捨て、才人に飛びついてくる。

「毎日なにもしてない。ただ日々を徒《いたずら》に過ごしている」

「シセか……」

才人は拍子抜けした。

「誰だと思った？　朱音はまだ帰ってこない」

「朱音《あかね》がどこにいるか、知ってるのか？」

「知らない」

すんすん、と匂いを嗅ぐ糸青《しせい》。

「これは……伝説の秘宝・朱音特製シーフードカレーの匂い。朱音からカレーの匂いがしたから、もしやと思って来てみれば……予想通り」

糸青は探検隊のごとく、意気揚々とリビングの奥地に突入した。

「やっぱり朱音の居場所知ってるよな!?」

才人《さいと》の疑問もほったらかしに、糸青はテーブルに置いてあった食べ残しのカレー皿を財宝のように掲げる。

「発見。しかし、古代のエネルギーが失われてしまっている。直ちに儀式を実行する」

儀式の場——電子レンジにカレーを入れて加熱。

テーブルに戻すや、スプーンでカレーライスをすくって頰張《ほおば》る。

「うまー」

「やりたい放題だよな、お前」

「世界は大きなテーマパーク。シセはフリーパスを持っている」

「間違ってはいないが、お前がそれを自覚しているのはまずい」

不幸中の幸いは、どんな願いでも叶《かな》えられる規格外の少女が、食欲くらいしか欲望らしきものを持っていないことか。

動物の食事を妨げたら噛《か》みつかれるので、糸青がカレーをたいらげるのを待ってから、才人は尋ねる。

「で？　朱音の居場所、教えてくれるよな？」

「教えられない」

皿についたカレーを未練がましく舐《な》めようとする糸青から、才人は皿を取り上げる。高校生にもなって行儀が悪すぎる。

「朱音に口止めされてるのか？」

「教えられない。シセにも矜持《きょうじ》というものがある」

糸青は毅然《きぜん》として黙秘を貫いた。

才人は冷蔵庫からタッパーを取り出し、中に入っているカレーを見せる。

「素直に白状したら、おかわりもあるぞ」

「教え……られない……」

糸青はぷるぷると震えながら、才人の顔とカレーを見比べた。糸青の口からは、滝のよだれが溢《あふ》れ落ちている。拷問の効き目は抜群だ。

才人はカレーを電子レンジで温め、スプーンにすくって、糸青の口に近づける。匂いがしっかり漂うよう、鼻先でスプーンを動かしてみせる。

「ほら、早く楽になれよ……ホントは欲しいんだろ……？」

「ほしい……」

才人《さいと》は糸青《しせい》のうなじを手の平で抱え、ささやく。

「じゃあ、素直になるんだ。お兄ちゃんの言うこと、聞けるよな……？」

「シセは……おにいちゃんの言うこと、聞ける……」

甘えるように擦《す》り寄ってくる糸青。もはや彼女は欲望の虜《とりこ》だ。

「いい子だ。朱音《あかね》はどこにいる？」

「あむっ!!」

糸青は勢いよくスプーンにかぶりついた。

「ちょっ、勝手に食うな！」

才人はスプーンを引っ込めようとするが、糸青は離れない。スッポンのように噛《か》みついて、スプーンと一緒に振り回されている。

さすがに歯が折れるのは困るので、才人は仕方なくスプーンを手放した。糸青はソファの陰まで逃げ込み、大事そうにスプーンを舐《な》める。

「そんなにうまいか」

「朱音の料理は至高。だからシセは朱音を裏切らない」

「いつの間に餌付けされたんだ」

兄は一抹の寂寥《せきりょう》感を覚えた。

「餌付けじゃない。契約と呼ぶべき」

「餌付けより強度が高い……」

才人は口を割らせるのを諦め、ソファに座り込んだ。

糸青がタッパーのカレーを食べ終える。冷蔵庫からミルクを持ってきて飲み干し、満足げに息をつく。

「居場所を知りたいなら、兄《あに》くんが自分でストーキングしてみたらいい」

「バレたら朱音がめちゃくちゃ怒るだろ」

ただでさえ家の中が寒々としている現状で、余計なリスクは冒せない。

「大丈夫、朱音は怒らない。それどころじゃないくらい必死だから」

「それどころじゃない……？　なんでだ？」

「ないしょ」

糸青は指でバッテンを作って唇に当てる。

他の情報を引き出すのは難しそうだが、朱音がなんらかのトラブルに巻き込まれているのは分かった。だとしたら、このまま放っておくわけにもいかない。

——明日、朱音を尾行してみるか。

才人は糸青の口についたミルクを拭いてやりながら考えた。

放課後、才人《さいと》は朱音《あかね》より先に教室を出た。

尾行の邪魔になっては困るので、学生鞄《かばん》は空き教室のロッカーに隠しておく。

玄関の陰に身を潜めて待っていると、朱音がやって来た。消耗しきった様子で靴を履き、足を引きずるようにして校庭を歩く。

才人は朱音に気づかれないよう、距離を置いて後を尾《つ》けた。

空には厚い雲が垂れ込め、微《かす》かに遠雷の音が聞こえていた。湿った空気がみなぎり、土の匂いを濃く感じる。

一応、才人はポケットサイズの折り畳み傘を持っているが、尾行するならレインコートの方が動きやすかったかもしれない。

校門を出てしばらく行ったところで、朱音が地面にうずくまった。

——具合でも悪いのか……？

才人が心配するも直後、朱音は自販機の下に手を突っ込んでまさぐり始める。制服が汚れるのも構わず、うんうん唸《うな》りながら腕を伸ばしている。

——小銭を探しているのか、朱音!?　カネがないのか……!?

才人は切ない思いになった。

朱音が倹約家なのは知っているし、それ自体は家庭的で良いことなのかもしれないが、自販機の下で小銭を拾うのはやりすぎだ。人として守るべき一線を越えてしまっている。

「今日も……見つからないわ……」

朱音は悔しそうにつぶやいて起き上がる。

——毎日こんなことを……!?

才人は自分が見ているものを信じられなかった。

祖父の天竜《てんりゅう》から生活費は振り込まれているのに、なぜ朱音は困窮しているのか。学年一の頭脳をフル回転させても分からない。

朱音はバス通りを進み、頼りない足取りで路地裏に入っていった。薄暗くて汚らしい道を、きょろきょろしながら歩いていく。

ここでも小銭を集めているのかと哀《かな》しくなる才人だが、予想は外れた。

朱音は大きなゴミバケツに歩み寄り、蓋を開けて覗《のぞ》き込《こ》んだのだ。

——まさか……食材を探しているのか……!?

才人は恐怖を覚えた。

小銭拾いも問題だが、残飯漁《あさ》りは大問題だ。今朝も才人は朱音の手料理を食べたのだ。もし朝食に使われていた素材もゴミバケツ産だったとしたら、と想像するだけで、悪寒が背中を這《は》い上《あ》がってくる。

「ないわ……」

朱音《あかね》は小さくため息をついて、ゴミバケツの蓋を閉じる。

彼女の真意を知ろうと思って始めた尾行だったが、知るべきではない側面を目撃してしまっているのかもしれない。才人《さいと》は慄然として追跡する。

路地裏を出た朱音は、民家の前で足を止めた。

その視線の先には犬小屋があり、間抜け面の犬が座り込んでいる。プラスチックのエサ皿が置かれ、乾燥ドッグフードが山盛りにされている。

おっかなびっくりといったふうに、朱音が犬小屋に近づいていく。

──ダメだ、そこまでやったら！　犬のエサに手を出すのは、人間としてアウトだぞ！

才人は心の中で叫ぶ。

朱音はエサ皿には見向きもせず、犬小屋の中に手を伸ばす。毛布やら靴やら人形やら、犬が集めてきたらしいガラクタが詰め込まれている。

「ちょ、ちょっと調べさせてね……？」

お願いする朱音だが、犬は唾を吐き散らかして吠《ほ》えかかる。

悲鳴を上げて逃げ出す朱音。車道に飛び出して轢《ひ》かれそうになり、慌てて歩道に戻る。

恨めしげに犬小屋を振り返ると、うなだれて歩き始める。

どうも、朱音が探しているのは小銭でも食材でもないようだ。考えてみれば、生真面目な彼女がそんなことをするはずもない。

──なにか……落とし物でも捜している……？

才人は思案する。

記憶をさかのぼり、朱音の帰りが遅くなった前後で、他の変化がなかったか比べてみる。登校しているときの朱音、学校でノートを取っているときの朱音、家で料理をしているときの朱音など、様々な彼女の姿を脳裏に描く。

「そういえば……」

才人はハッとした。

最近、朱音が指輪をつけているのを見ていない。

別に肌身離さずはめておく義務があるわけではないし、天敵にもらったプレゼントなんて使いたくなくなったのだろう、くらいに思っていたが。

もし、朱音が指輪をなくしてしまって、毎日必死に捜しているのだとしたら。

だからこそ才人には関係ないと言い張り、事情を隠しているのだとしたら。

いや、結論を出すのはまだ早い。この段階で才人が問い詰めても、朱音は決して本当のことを話そうとしないだろう。

──ちゃんと証拠を掴《つか》まないと。

才人は自分に言い聞かせ、朱音の後を追った。

陽《ひ》が暮れても、朱音《あかね》はなにかを捜し続けていた。

街明かりの朧《おぼろ》に映る水面《みなも》に、波紋が一つ、また一つと広がり、川を埋めていく。

ずっと堪《こら》えていた厚雲が破れ、雨が下界を染める。

川沿いの土手を弱々しく歩く朱音が、地面に膝を突いた。

「どうして……？」

彼女の喉から、小さな声が漏れた。

「どうして、見つからないの……？　私の指輪……才人《さいと》にもらった指輪……」

ぽろぽろと、涙がこぼれ落ちる。

大粒の雨と一緒になって、大地を満たしていく。

薄闇の中で、か細い肩が震えていた。

——充分だ。これ以上は、見ていられない。

才人は物陰から歩み出て、朱音に近づく。

「やっぱり、指輪か」

「才人……！」

朱音は怯《おび》えたような顔をした。驚愕《きょうがく》と罪悪感、それらの入り混じった混乱が、彼女の表情に浮かんでは消える。

「一生懸命、捜してくれてありがとな。もういいよ、帰ろう」

才人は傘を朱音に差し掛け、手を差し伸べる。

けれど、朱音は才人の手を取ろうとしない。

「良くないわ！ なにがなんでも見つけないと！」

「気にするな。指輪なら、また買えばいい」

アルバイトは楽ではないが、朱音がいつまでも後悔に囚《とら》われるよりはマシだ。才人は叔母に頭を下げて働かせてもらうつもりだった。

「そういう問題じゃないわ！ 買って戻ってくるものじゃない！」

「なんで……」

朱音は指輪のない右手を押さえ、力なくうつむく。

尖《とが》った顎を、光の雫《しずく》が流れ落ちていく。

「あの指輪は、本物だから……」

「え……」

朱音は才人を見上げ、涙を溢《あふ》れさせて叫ぶ。

「私たちの結婚は人から押しつけられたものだけど、あの指輪だけは、あんたがくれた本物なの！ あんたの気持ちなの！ 私のことを考えて、私と仲良くしたいと願って、あんたが初めて頑張ってくれたの！　だから、絶対に取り戻さないといけないの！」

「………っ」

才人《さいと》は息を呑《の》んだ。

そうだ、自分は初めて頑張った。普段は努力なんてせず、その必要もない自分が。

朱音《あかね》に笑っていてほしいとガラにもなく思い、彼女を笑顔にするための方法を求めた。

そんな気持ちが、朱音にも伝わっていた。

そんな気持ちを、朱音は大事にしてくれていた。

嬉《うれ》しいはずなのに、なぜか胸が痛い。

「お前ってヤツは……本当に意地っ張りだな」

「だって……だって……」

朱音は肩を縮めて泣きじゃくる。

笑顔が可愛《かわい》らしい少女だけれど、その泣き顔は美しい。

雨に濡《ぬ》れて艶を増した髪、白く燃える頬《ほお》が、街灯に照らされて浮かび上がっている。

才人は朱音の手を取って引き起こした。

「それなら、俺も捜そう。指輪はいつなくしたんだ？」

「指輪を学校につけていった日……。ちゃんとポーチに入れて学生鞄《かばん》にしまったのに、帰ったらポーチごとなくなってて……」

「なるほどな」

「心当たりの場所は全部調べたし、細かいところまでは覚えてないし……」

小さく笑みを漏らす才人。

人差し指をこめかみに突きつけ、堂々と告げる。

「俺の記憶力を舐《な》めるな。あの日は学校の帰り、お前と一緒に買い物をした。お前と一緒に通った道、使った店、立ち止まった場所……すべてはこの頭の中にある」

才人は眼《め》を閉じて、あの日の記憶を呼び覚ました。

開始時刻を、朱音が指輪を外したポイントに設定。

終了時刻は、帰宅したポイントに設定。

脳の深部に眠るあらゆる映像データを、高精度で引きずり出す。

通りかかったショーウィンドウのポスターの文字に至るまで、詳細に復元する。

親やクラスメイトに気味悪がられた記憶力も、一人の少女の涙を拭うことはできる。

その記憶力を羨ましいと言ってくれた少女のために、才人は自らの才を放つ。

脳内で何度も映像を早送りしたり、巻き戻したりしてみると、気になるところがあった。

「……あの日、朱音は喫茶店に入るかどうか迷って、店の前で財布を確かめたよな？」

「え、そ、そうだったかしら……？」

「遠くの喫茶店の方が十円安いとか悩んでたから、そこまで節約するなと俺が説得して店に入ったんだ」

「全然覚えてないわ……」

才人《さいと》はこめかみを指で揉《も》む。

「俺が見ていた限り、帰る途中でお前が学生鞄《かばん》を開けたのは、そのときと、口を拭くためハンカチを出したとき、野良猫の写真を撮ろうとしたとき、スーパーで買い物をしたときの、合計四回だった」

「数えてたの？」

たじろぐ朱音《あかね》。

「今、数えたんだ。そして、喫茶店の前で鞄を開けたとき以外はなにも落としていないのを、俺はこの目で見ている。つまり……」

「指輪は喫茶店の近くにあるかもってこと!?」

「ああ。来い！」

才人は朱音を連れて歩き出す。

同じ傘の下で身をすくめる朱音は、心細そうな顔をしていた。絶望に打ちのめされた彼女は、わずかな期待にすがることさえ怖いのだろう。

「大丈夫だ。必ず見つける」

「う、うん……」

才人の言葉に、朱音の体から少し力が抜ける。

いつしか雨はやみ、大通りには人の息吹が蘇《よみがえ》っていた。

雲の隙間から、清浄な月が覗《のぞ》いている。

才人は商店街に入り、あのときの喫茶店にたどり着く。既に店は閉まっていて、防犯用の薄明かりがフロアを満たしていた。

鞄を開けたときに朱音が立っていた位置。それは、溝のすぐそばだった。

雨水が流れ込む溝、真っ暗な深淵《しんえん》に、才人は躊躇《ちゅうちょ》なく手を突っ込む。

「ちょ、ちょっと、才人？」

「…………………………………………あった」

確かな手応えと共に、暗闇の中から掴《つか》み取《と》る。

現れたのは、紛《まぎ》れもなく朱音のポーチ。

中を開くと、ハートの指輪が出てくる。ポーチの防水性が高かったのか、汚れも錆《さ》びもせず、力強くきらめいている。

朱音は信じられないといったふうに目を見開いた。

「ホントに見つけちゃった……こんな一瞬で……」

「くくく……俺は天才だからな。お前がテストで勝てない理由、分かっただろう？」

才人は悪役のように笑ってみせる。

湿っぽい空気を吹き飛ばそうと、あえて朱音《あかね》を挑発してみたのだが。

「ありがとう!!」

朱音は怒る余裕もないらしく、夢中で才人《さいと》に飛びついてくる。張り詰めていた糸が切れたのだろう、才人を思いきり抱き締めて、ぐすぐすと泣いている。

――困ったヤツだな……。

才人は調子が狂うのを感じた。朱音に憎まれ口を叩《たた》かれることに慣れすぎていて、素直な行動にはどう接したらよいのか分からない。

月明かりが、二人を照らしている。

朱音が落ち着くのを待ってから、才人は彼女の左手を取った。朱音は才人に触れられても逃げようとせず、ただ静かに待っている。

雨に打たれた彼女の手は、可哀想《かわいそう》なくらい冷え切っていた。

その細い薬指に、才人は指輪をそっと通す。

「もう、なくすなよ」

「うん。絶対」

朱音は涙に濡《ぬ》れた瞳で、やわらかく微笑《ほほえ》んだ。

また雨が降ってきた
ドキ
ドキ
ドキ
ここれって相合い傘なんじゃ…
へくちゅっ
早く帰って風呂入るぞ
い一緒にお風呂入るの!?
かあっ
背中を流してあげる♪
あわあわ
ヌルヌル
一人ずつだ!
もやもやん

エピローグ

epilogue

才人《さいと》と朱音《あかね》は、連れ立って夜道を帰っていく。

「……指輪、妹にも見せてあげたかったわ」

ぽつりとつぶやく朱音。

「もう会えない……って言ってたよな」

「ええ……。すごく、遠くに行ってしまったから……。でも、見せてあげたかった。あの子、可愛《かわい》いものとか大好きだし、喜んでくれたはずよ」

「………………」

寂しそうな目をする朱音に、才人は心臓が軋《きし》む。妹を亡くした彼女の心が癒えるときは来るのだろうか。自分にはなにができるのだろうか。分からなかった。

小さな折り畳み傘で、慣れない相合い傘なんてものをしたせいだろう。家に帰り着いた二人は風邪を引く寸前だった。

また朱音が倒れたら大変なので、先に風呂へ追いやり、才人はリビングのエアコンを全開にしてしのぐ。ファンから吹き出す温風が、疲れた体に心地良い。

交代で入浴を済ませ、才人が髪を拭いていると、リビングに朱音がやって来た。

廊下側のドアから顔を覗《のぞ》かせ、もじもじしている。

「どうした？」

「あ、あのね……？　指輪をつける指の意味を、ネットで調べてみたんだけど……」

「意味……？」

才人《さいと》は嫌な予感がした。

朱音《あかね》がスマートフォンの画面を才人に突き出す。

表示されている記事に書かれているのは、「婚約指輪と結婚指輪は、基本的に左手の薬指につけます。その意味は、『愛と絆《きずな》を深める』です♥」との文章。

朱音は頬《ほお》を真っ赤に染めて尋ねる。

「わ、私、指輪をなくす前は、右手につけてたわよね……？　あんたがわざわざ左手にはめてくれたのって……そ、そういう意味なの……？」

「い、いや……」

才人は全身が羞恥に燃え盛るのを感じた。

——無意識にやっただけなんだが、俺はそういうつもりだったのか⁉　まさか！　ないない！　相手は暴走ドラゴンだぞ⁉　愛と絆とか、あり得ない！

才人はソファからゆっくりと立ち上がる。入浴後にしても大量の汗が流れている。この致命的な過ち、なんとしても訂正せねばなるまい。

「よ、よし……別の指にはめ直そう。それで万事解決だ」

「触らないで変態！」

才人は手を伸ばすが、朱音は即座に飛び退《との》く。

「変態じゃない！　指輪の位置を変えようとしているだけだ！」

「とか言って、どさくさに紛《まぎ》れて服を脱がすつもりでしょ!?」

「それは無理やりすぎて、まったく紛れてないだろ！」

「どさくさに紛れず服を脱がす!?　公然わいせつをするって言うの!?」

「言ってねえ！」

リビングを逃げ回る朱音、必死に追いかける才人。

夜遅くに近所迷惑かもしれないが、今日ばかりは勘弁してもらうしかない。これには才人の名誉と安寧と未来がかかっているのだ。

テーブルを挟んで、二人は睨《にら》み合《あ》う。

才人は唇を歪《ゆが》めて嗤《わら》った。

「くくく……逃げても無駄だ……どうせ寝るときは同じベッドなんだ……なんせ夫婦なんだからなぁ……」

「外道っ！　私が寝ているあいだに、なにをするつもり……？」

朱音は涙目で体を抱き締める。

「たいしたことじゃないさ……ちょっと指輪をはめ直すだけ……」

「じゃあ私は、いつでも才人《さいと》の指をちょん切れるようハサミを持って寝るわ！」

「こっっわ！」

手を出したら、手を切られる。正当防衛どころか過剰防衛すら遥《はる》かに超えたオーバーキル。やはりこの暴走ドラゴンに愛をささやくなんて、天地が引っ繰り返っても不可能だ。

朱音《あかね》は小憎らしく顎をそびやかす。

「これは私のモノよ！　あんたになんか、絶対触らせてあげないわ！」

「プレゼントしたのは俺なんだがな！」

世の理不尽を才人は嘆いた。

「なにを勘違いしているの？　これは私が買ったのよ？」

「強引に記憶を捏造《ねつぞう》するな！」

朱音は腰に手を当てて宣言する。

「この指輪がほしければ、まずは私を倒すことね！」

「倒すってなんだ……」

どうやら朱音から指輪を奪還するのは難しいようだ。死守の構えを取られているし、これ以上揉《も》めて家が戦争になっても困る。

「あっ、電話だわ」

スマートフォンの着信音が鳴り、朱音が電話に出た。

仲の良い相手らしく、会話を弾ませながらも、スマートフォンを握った左手の薬指を大事そうに撫《な》でている。

そんな朱音の姿を見ていると、才人は「まあ、いっか」と思ってしまう。妙に胸の奥がくすぐったくて落ち着かないけれど、悪い気分ではない。

才人はかつて、本で読んだことがあった。

左手の薬指につける指輪には、もう一つの意味がある。

それは――心を受け入れる。


「じゃあ、今から日本に帰るね。会えるの楽しみにしてるよ、おねーちゃん♪」

朱音との電話を切り、少女は国際空港のターミナルに立つ。

露出の多い服装に、デコレーションを盛りまくったスマートフォン。ピンクのキャリーケースには、世界中のステッカーが貼られている。

万人を惹《ひ》きつける美貌に、男たちがナンパをしようと寄ってくる。だが、少女にゴミを見るような目で見られ、プライドをズタボロにされて逃げ去っていく。

姉が結婚したと聞いたとき、少女は両親の冗談かと思った。朱音は色恋にうつつを抜かす人間じゃないし、ずっと独り身だろうと予想していたのだ。

なのに、いったい日本でなにが起きているのか。

姉と結婚したという北条才人《ほうじようさいと》は、どんな男なのか。

「高校生で結婚とか、信じらんない。アタシがぜーんぶ、奪ってあげる♪」

少女、桜森真帆《さくらもりまほ》は、小悪魔のようにクスクスと笑った。

Love
Sweet

あとがき

誠意に誠意で応えようとして、苦しむことがあります。

善意と善意がぶつかり合って、戦うことがあります。

良い人ばかりなら争いは起きないかというと、決してそういうことはなくて、大事なのは粘り強く対話を諦めないことなのかもしれません。そして必要になってくるのは、相手の立場や価値観、感情への想像力なのでしょう。

今回の才人《さいと》と朱音《あかね》は、お互いに誠意を示そうとして、つらい思いをしました。ですが、その頑張りは、これからの二人の関係において大きな土台になるはずです。


お陰様で、『クラスの大嫌いな女子と結婚することになった。』も三巻目となりました。一巻と二巻には大重版も決定し、コミック版の連載も進行中です。加えて、睡眠導入用の音声作品も制作してくださっているようです。著者も拝聴しましたが、危うく仕事用の椅子で爆睡してしまうところでした。強力な寝かしつけボイスですので、よかったらこちらも聴いていてみていただけると嬉《うれ》しいです。

最近はアニメの枠でもクラ婚のＣＭが流れていて、皆様の応援のお陰と感謝の日々です。

仕事で疲れ果てて「もうムリ……」となっているときに読者様からお手紙や感想のメッセージを頂き、元気が出て「よし、もうひと頑張りしよう！」となることもしばしばです。本当にありがとうございます。

担当編集のK様、N様。変わらぬ大きなバックアップ、どうもありがとうございます。この編集者さんなら間違いはないとの思いで、安心して作品をお任せできています。

MF文庫J編集部の皆様、出版業界の皆様。フェアと名のつくものにはとことん出していただいている気がします。夏のスポーツフェスティバルでは、なんとクラ婚と義妹生活が告知イラストのセンターに。厚いご支援、誠にありがとうございます。

イラストレーターの成海七海《なるみななみ》先生。朱音のデート服が美しすぎました。いつも期待を遥《はる》かに上回ってオーバーキルするイラストの数々、ありがとうございます。

漫画家のもすこんぶ先生。暴投気味な脚本の意図を完璧にキャッチした漫画をありがとうございます。毎月のコミック連載を拝見するのが近頃の生き甲斐《がい》です。

とある重要人物も現れ、さらに加速する天敵夫婦の結婚生活。今後も頑張って執筆して参りますので、引き続き応援よろしくお願いいたします。

夏が始まる　二〇二一年七月十七日　天乃聖樹《あまのせいじゅ》

MF文庫J

クラスの大嫌いな女子と結婚することになった。3

2021年8月25日　初版発行

著者　天乃聖樹

発行者　青柳昌行

発行　株式会社 KADOKAWA
〒102-8177 東京都千代田区富士見2-13-3
0570-002-301（ナビダイヤル）

印刷　株式会社廣済堂

製本　株式会社廣済堂

Printed in Japan　ISBN 978-4-04-680702-1 C0193

【ファンレター、作品のご感想をお待ちしています】
〒102-0071 東京都千代田区富士見2-13-12
株式会社KADOKAWA　MF文庫J編集部気付「天乃聖樹先生」係「成海七海先生」係「もすこんぶ先生」係